论陀思妥耶夫斯基
UN TUOSITUOYEFUSIJI

划：吴晓妮@我思工作室
编辑：韩亚平
设计：何 萌
制作：王璐怡

图书在版编目（CIP）数据

纪德论陀思妥耶夫斯基 /（法）安德烈·纪德著；
志明译. -- 桂林：广西师范大学出版社，2021.12
（先驱译丛 / 沈志明主编）
ISBN 978-7-5598-4375-3

Ⅰ．①纪… Ⅱ．①安… ②沈… Ⅲ．①陀思妥耶夫斯
Dostoyevsky, Fyodor Mikhailovich 1821-1881)—文
研究 Ⅳ．①I512.064

中国版本图书馆 CIP 数据核字（2021）第 211164 号

师范大学出版社出版发行
西桂林市五里店路 9 号 邮政编码：541004 ）
址：http://www.bbtpress.com
人：黄轩庄
新华书店经销
韵杰文化科技有限公司印刷
东省淄博市桓台县 邮政编码：256401 ）
：787 mm × 1 092 mm 1/32
：8.875 字数：147 千
年 12 月第 1 版 2021 年 12 月第 1 次印刷
：0 001—4 000 册 定价：49.80 元

现印装质量问题，影响阅读，请与出版社发行部门联系调换。

我
思

André Gide

Dostoïevsky

纪德

JIDE L

策

责任

装帧

内文

沈志

基(

学研

广西

(广

网

出版

全国

山东

（山

开本

印张

202

印数

如发

GUANGXI NORMAL UNIVERSITY PRESS
广西师范大学出版社

· 桂林 ·

CONTENTS

目录

译　序

纪德概述陀思妥耶夫斯基的思想核心，即有关世人生命哲学的名言："个体在弃绝个体性中获胜：酷爱自己生命的人必将失去生命，保护自己个性的人必将失去个性；但弃绝生命的人将使生命真正充满活力，确保其永恒，不是未来永恒的生命，而是从现在起即刻进入永恒。在整体的生命中复活，而忘却一切个人的幸福！哦！完美的回归！"

——译者题记

中国学人和文艺爱好者提起有争议的俄罗斯作家陀思妥耶夫斯基，必然想到高尔基早在1905年11月发表的《谈谈小市民习气》和卢那察尔斯基1931年为《陀思妥耶夫斯基文集》撰写的序言。高尔基指出："托尔斯泰和陀思妥耶夫斯基是两个最伟大的天才；他们以自己的天才的力量震撼了全世界，使整个欧洲惊愕地注视着俄罗斯，他们两人都足以与莎士比亚、但丁、塞万提斯、卢梭和歌德这些伟大人物并列。"[1] 但在作出如此崇高的评价的同时，他又严厉批评托翁和陀氏的负面影响："但他们对于自己黑暗、不幸的祖国却有过不好的影响。"因为在俄罗斯大地上"统治阶级横行霸道，肆无忌惮，使整个国家变成一座黑暗的刑场"，托翁却鼓吹"自我完善""勿以暴力抵抗邪恶"，陀氏则主张"忍耐"。在革命烽火四起的时代，高尔基站在革命的立场，写出如此有分量的文章，理所当然受到列宁的高度评价。因此，高尔基对陀思妥耶夫斯基的评论成了权威的、官方的鉴定。

十月革命胜利，百废俱兴，百业待举，无产阶级要对前人的一切精神财富重新估价。1918 年 5 月，高尔基为"文化与自主"文化教育协会举办的报告会写了一篇讲稿《我怎样学习》，因病而请人代为宣读，该文第二天发表在《新生活报》上。自学成才的高尔基号召读书，在这篇自传性叙事中指出读书好处无穷。也许出于谨慎，也许想突出人间比学堂更重要，反正在这篇谈读书的文章中，始终

---

1 《论文学》（续集），第 50 页，人民文学出版社，1983 年。下同，不再另注。

没讲他读过哪些书，喜爱什么作品和景仰何许人，只说外祖父如何教他识字，他在小学如何淘气，用自己的零钱买《圣经的故事》和如何经受宗教氛围的熏陶，然而是在人间，确切讲是1902年在警察监视下生活时，受到一个独眼皮鞋匠的启发，摆脱了宗教影响，认识了人生的真谛。事情是这样的：鞋匠来向作家先生借书，高尔基顺手给了他一本"并不高明的小书《世界的进化与社会的进化》"，几天后鞋匠来跟他聊天，大发宏论，现援引如下："我能不能从这里得出这样一个推论，就是上帝是不存在的？""假如存在着上帝，而一切都按照他的意志的话，那就是说，我应该服从上帝的最高的预定，平心静气地生活下去。""现在更进一步说：假如上帝存在的话，那我就无事可做了；假如没有上帝的话——那我就得对一切，对整个生活和所有的人负责！""我很愿意按照神父们的榜样来负责，可是我却用了另一种形式——并不是服从而是反抗生活中的恶！""我已经为自己这样做了决定——要对一切负责！"高尔基评论说："我们友好地一直谈到深夜，因此我更加相信，就是这本不重要的小书，是最后的一次打击，使得人的心灵对于宗教信仰重作狂热的探求，使人在世界的理智之美与力量面前表示出欢乐的崇敬。"[1] 我们知道独眼鞋匠确有其人，也确爱读书，但笔者斗胆认为上述言论却是百分之一百的陀思妥耶夫斯基思想。不要忘记，高尔基写完《我怎样学习》之后，发表时加上了"短篇小说"的字样。他采取了移花接木的手法，高明！因为，独眼鞋匠的论点几乎全盘出自《群魔》和《卡拉马佐夫兄弟》中的陀氏人物之口。笔者不相信高尔基没有读过陀思妥耶夫斯基这两本最重要的书，也不相信独眼鞋匠如此高明。纪德说，除尼采和陀思妥耶夫斯基外，在人与上帝的关系上，他还没有发现任何前人如此明确地道出人生的真谛。关于这个问题，我们将在下面重点论及。

　　进入斯大林时代，从旧俄过来的作家及其他知识分子必须进行思想改造，作为"灵魂工程师"的高尔基也不例外："教育者必须先受教育"。况且连他本人也受到一定的政治思想压力，不得不强化批判意识。他 1928 年写的文学论文《谈谈我怎样学习和写作》，虽然整体上从现在角度来看还是相当得体的，但他对陀思妥耶夫斯基的批评就相当苛刻了："陀思妥耶夫斯基的《恶魔》（即《群魔》）是所有企图中伤 70 年代革命运动的无数尝试中最有才能也

---

[1]　以上引自高尔基著、戈宝权译的《我怎样学习和写作》，生活·读书·新知三联书店，1984 年 6 月。楷体字是笔者所加，表示强调。

最恶毒的一个。"[1] 从此，《群魔》很快与《卡拉马佐夫兄弟》《地下室手记》一起被打成反动小说，甚至在斯大林死后三年，即1956年，莫斯科出版的《陀思妥耶夫斯基论》（叶尔米洛夫著，上海译文出版社1985年中译本）指出，不仅仅《群魔》"中伤70年代革命运动"，而且"《卡拉马佐夫兄弟》在极大的程度上是按照统治集团的直接命令写成的。在格罗斯曼的一篇极有价值的论文《陀思妥耶夫斯基和70年代的统治集团》（《文学遗产》第15号，1934年出版）里，讲到陀思妥耶夫斯基跟豪门官僚、沙皇宫廷的关系，探索出陀思妥耶夫斯基是由于反动统治者什么样的实际政治要求，把这些或那些情节表现到小说里来的"（中译本第250页）。《卡拉马佐夫兄弟》还多了一个"头衔"：教会小说（出处同上）。这种满怀仇恨的政治偏见，如果说在特定的时代确实迷惑了一些天真的读者，今天看来是极不公平的，甚至可以说糟蹋了人类珍贵的文化遗产。很不幸，时至今日，这三本书仍被一些人视为反动小说，《群魔》被判反动还嫌不够，再得加上个"最"字："陀思妥耶夫斯基的作品中最反动的一部"——这是《外国著名文学家评传》中一篇论文的观点。

---

1 引自《我怎样学习和写作》，第57页。

随着斯大林发动的阶级斗争狂潮一浪高似一浪，意识形态的专政日益强化，那些被认为艺术性越高超而思想越反动的作家受到了严厉的批判，陀氏未逃脱此厄运。最有代表性的，也是后来被人引用最多的批判文章，就是"权威的"卢那察尔斯基为1931年出版的《陀思妥耶夫斯基文集》所作的那篇序言，累牍连篇，除了抽象引用一点高尔基对陀氏的评说外，通篇戴帽子打棍子，最后的结论是："一方面，我们应该从陀思妥耶夫斯基著作中吸取教益，另一方面，我们却绝不可以向陀思妥耶夫斯基学习。不可以同情他的心境，不可以模仿他的风格。谁要这样做，即是说，谁要向陀思妥耶夫斯基学习，他就不能成为建设事业的助手，他就是落后的、腐朽的社会阶层的表现者。"[1]此公借陀思妥耶夫斯基逝世五十周年之际，推出陀氏文集，实质上把它作为反面教材公布于众：奇文共欣赏，疑义相与析。

今天，对俄罗斯和苏联的一切文化现象，人们已在反思和总结。那么，对陀思妥耶夫斯基大概也应该重新认识一下了吧，当然这主要是俄罗斯文学家的任务。笔者在此只不过翻译和评论纪德对陀思妥耶夫斯基的看法。

---

[1]《论文学》，第220页，人民文学出版社，1978年。文章标题《思想家和艺术家陀思妥耶夫斯基》，第197页。

纪德只比高尔基小四个月，很熟悉高尔基，而且1936年他由斯大林亲自陪同在红场为高尔基致悼词。可是纪德从另一个立场和角度出发，在几乎相同的年代对陀氏作出了完全不同的评价，尽管后来在强大的革命文艺思潮压力下，一直没有让自己这部写于1908—1921年的《论陀思妥耶夫斯基》（1923年结集出版）再版。在法国也一直等到20世纪80年代初才得以再版。现在回过头来看这部论著，笔者认为颇有意义。

第一，纪德认为，判断一个文学艺术家的依据主要是他的作品，而不是他的言行。纪德于20世纪初最早对丹纳那种运用种族、地域和时代的影响来解释文艺作品的理论提出疑问；对圣伯夫虽然十分欣赏，但对他批评作家时着力于依据其人的出身、门第、人际关系以及回忆录、日记、谈话等不以为然。后来在纪德的支持和鼓励下，普鲁斯特的作品得以问世并一举成名，并由普鲁斯特对圣伯夫提出系统的批判（参见《驳圣伯夫》）。纪德一再指出，陀思妥耶夫斯基不是伦理学家，也不是政治理论家，甚至不是好的批评家，而是小说家、思想家。他说"陀思妥耶夫斯基一讲理论，就叫我们失望"。他"写理论和批评文章相当平庸"，举《作家日记》为例，说其中的理论文章简直不堪卒读。这与陀氏不善于直接表达自己的思想有关，用陀氏自己的话来说："不善于写我自己，不善于恰如其分地写我自己。"纪德说："陀思妥耶夫斯基一旦谈自己就困惑含混"；"他以自己名义说话时是非常笨嘴拙舌的；与此相反，当他的思想通过他笔下的人物表达时，就娓娓动听了"；"陀氏的思想从不赤裸裸表现出来，总是通过笔下种种人物来表达的"。结论是："陀氏小说是最饱含思想的小说，同时从不抽象，也是我读过的最富有活力最令人激动的小说。"这与高尔基和卢那察尔斯基的批评方法完全不同。在那篇著名的《谈谈小市民习气》中，高尔基非常生气地援引陀思妥耶夫斯基在普希金纪念碑的揭幕式上向俄国社会致辞中的三个字"忍耐吧"，忽视了陀氏对普希金美好的情感和崇高的评价。至于卢氏那篇近两万言的序言，引用陀氏的著作不到二百字，相反大量引用别人的言论、回忆、日记等，其中引一位编辑的日记长达一千六百字。此公戴着有色眼镜背着陀氏对其著作说三道四。纪德则相反，他认为想象作品往往比回忆录、日记乃至自传更能揭示作者的内心隐秘，小说更接近作者的真实思想，更能表现作者相反相成的心态。

第二，既然陀思妥耶夫斯基讲不清道不明自己的思想，就通过小说人物来表达，甚至通过某个次要人物道出他弥足珍贵的真理。由此可以确认陀氏作品不是从理论构思出发的，也不是遵命的，更不是秉承意旨的，而是沉浸在实际里，产生于思想与实际的汇合。纪德说："真正的艺术家在创作时对自己的意识总是半清醒半糊涂的。这样的艺术家不大清楚自己是谁，只通过其作品、运用其作品才认识自己。"所以，要了解小说家的思想，必须钻到小说里去。为此，纪德仔细阅读陀思妥耶夫斯基全部小说，甚至通读了四五遍，简直读得着迷了。他发现有史以来没有人像陀氏这样在自己的小说中如此明确又具体地抓住人生的本质，提出恒定的焦虑："人是什么？人从哪里来？到哪里去？人出生以前是什么？死亡之后又会怎样？人能企求什么真理？"或更确切地问："什么是真理？"所以纪德认为《群魔》和《卡拉马佐夫兄弟》是陀氏最重要的小说，因为作者通过笔下人物第一次对人与神的问题明确提出疑问："没有上帝吗？那么，那么……一切都许可了。""倘若上帝存在，一切取决于上帝，在其意志之外我一无所能。倘若上帝不存在，一切取决于我，那我就有责任表明我的独立性。"又及："假如存在上帝，一切听命于上帝，我只能俯首帖耳；假如上帝不存在，一切取决于我自己，那我就必须表现独立自主。"如何表现独立自主？这就产生了焦虑。一切都许可了，许可什么？一个人有何能？这个导致尼采神经错乱的焦虑，也使纪德的"弟子们"，如萨特、加缪等人苦恼了几十年，写下上千万字，企图回答上述问题，被人们称为存在主义文学。陀思妥耶夫斯基在《群魔》《卡拉马佐夫兄弟》《白痴》甚至《罪与罚》等小说中多次或明或暗地提出上述至关重要的问题，并探求其答案。我们知道陀思妥耶夫斯基生活在宗教社会却反对教会，他对教会尤其天主教会深恶痛绝。而他又是狂热的信徒，但他只接受《福音书》中基督的教导。因此他曾受到天主教人士强烈的抨击。他企图通过小说人物体现基督精神的核心，也是陀氏思想神秘的核心："个体在弃绝个体性中获胜"；"一旦我们甘心情愿弃绝我们自己的生命，自觉自愿死亡，那么这种弃绝立即使生命在永恒中复活"。这里没有嘱咐没有命令，在此意义上，陀氏人物宣称："不应该为任何目的糟蹋自己的生命。"因为，陀氏人物相信人间存在永恒的生命，认为永生不是未来的事情，若今生今世达不到，那未来也别想达到。这与教会关于永生的观念大相径庭。

那么陀氏人物如何切身体验永恒的生命呢？陀思妥耶夫斯基的答案是："自愿牺牲，自觉自主献身，为大众牺牲自我，在我看来是人格最高度发展的标志，是人格优越的标志，是高度自我控制的标志，是最高自由意志的标志。自觉自愿为他人牺牲自己的生命，为众人而钉死在十字架上，自蹈被活活烧死的柴堆，这一切只有在人格高度发展时才有可能。"ET NUNC（从此时起），即刻进入永恒，进入上帝的天国。如此说来，陀思妥耶夫斯基心目中的神明是基督，也是人民。从其著作整体来看，他确是把人民奉若神明的。因此，我们套用高尔基的话，恰恰是陀氏小说"使得人的心灵对于宗教信仰重作狂热的探求，使人在世界的理智之美与力量面前表示出欢乐的崇敬"，而不像高尔基所批评的那样"顽固地教导人们对生活抱消极态度，为消极辩护"。

第三，陀思妥耶夫斯基确实试图从伦理学、社会学、政治学、心理学以及文艺理论等角度直接阐明自己的思想，但全部失败了。因为，陀思妥耶夫斯基从思想到人格到行为都是自相矛盾、前后不一的：时而分裂时而融合，时而单一时而多元。在如此复杂多变的情况下，进行理论概述是不可能的。但他终于找到了小说这个形式，终于把自己的矛盾和易变分散到各种不同的人物身上，甚至每个人物身上都有他的存在，而且每个人往往都有双重人格。这种忘我的投入保护了他的自相矛盾。陀氏人物不仅有双重人格，有时还并行不悖，意识到自己前后不一，津津乐道于自己的二重性。《群魔》主人公斯塔夫罗金宣称："我能够，迄今一直如此，产生做好事的愿望，并为之感到快乐。但同时，我也想做坏事，并同样为之感到满足。"因此，纪德多次引用波德莱尔在《私人日记》中写下的名言："任何人在任何时候都同时具有两种祈求：一种向往上帝，另一种向往撒旦。"另外在为《蒙田不朽的篇章》所作的序言中引用蒙田的话："世上的厌物和尤物集于我一身：人们久而久之对一切怪异习以为常；但我越纠缠自己越认识自己，就越惊异自己的丑怪，就越与自己过不去。""人类行为矛盾百出，无奇不有，好像根本不可能同出一辙。"这样，蒙田和波德莱尔为陀氏从创作思想到创作方法都提供了依据。确实，陀氏人物常常以两种矛盾的、对立的性格轮番出现，甚至同时出现，而且突出其魔鬼附身的一面。基督说："不是强拉他们离开人世，而是使他们避开魔鬼。"陀氏人物竭力想避开，但又避不开，为此产生挥之不去的焦虑；为此陀思妥耶夫斯基苦恼了一辈子——他既痛恨魔鬼，又认为魔鬼必不可少；为此他后期的作品浸透了福音主义，为此魔鬼成了艺术作品不可缺少的组成部分。可以说"没有魔鬼的参与就没有艺术可言"。

魔鬼的对立面是天使，那么在陀氏著作中，谁是天使，谁是魔鬼呢？陀氏的"天使和魔鬼"不是传统宗教故事中的天使和魔鬼，亦非一般小说中的好人与坏人或善行与邪恶，而主要表现为相辅而行的智者与行者、贵人与贱人。在陀思妥耶夫斯基看来，智者高傲，不善行动，作茧自缚；行者平庸，听任支配，勇于行动。智者乐意统治行者，但同时又被行者激怒，因为行者把智者笨拙的行为看作自身思想的漫画。然而，思想与行动两者的关系中行动是关键。纪德多次借用布莱克的名言："有欲望而无行动的人散发臭气。"陀思妥耶夫斯基也多次批评"光思想而不行动的人"。因为只有从高傲变得谦卑的人才能接近永恒的生命。《福音书》中写道："卑躬的人必升天。"陀氏著作始终摆脱不开这个观念：欺凌使人受罪，而谦卑使人神圣。纪德说，高傲和谦卑始终是陀氏人物行为的秘密动机。世人都是罪人，只有忏悔的罪人才能升天。不仅仅单独向神父忏悔，而且必须当众忏悔，在最令人难堪的场合下忏悔，方见其真诚。例如《罪与罚》中，当拉斯科尔尼科夫向索妮娅坦白罪行时，索妮娅即刻劝他到广场去下跪，并当众高喊"我杀人了"，唯其如此，方能减轻灵魂的负担。陀氏的结论是："最卑贱者比最高贵者更接近上帝的天国。"在陀氏小说中，正如在《福音书》中那样，天国属于智力贫乏的人。纪德谈及《福音书》时在日记中写道："人们凭借贫乏的头脑倒可登堂入室。"

第四，纪德多次引用尼采的赞语"唯有陀思妥耶夫斯基教我学到了一点心理学。在我，发现陀思妥耶夫斯基比发现司汤达更为重要"，并把它当作题铭。陀思妥耶夫斯基对小说人物心灵的挖掘比得上弗洛伊德对病人心理的研究，两人的成就和贡献可以说不相上下。纪德也许更偏爱陀思妥耶夫斯基，因为他自己也是文学家，首先也是小说家。陀思妥耶夫斯基发现人的心灵有一种成层现象。他的人物往往受到双重诱惑力，被弄得无所适从，他们的心灵有三个层面，或三个区域：一、智力区，滋生最坏的诱惑；二、情感区，激情泛滥；三、深层区，那里是智力和激情触及不到的，可叫作复活区，即基督所说的"第二次诞生"。这三个层面不是截然分开的，没有特定的界限，三者互相渗透。中介区是激情领域，那里上演整个人类的戏剧，但激情无论多么动荡和强烈，都无关宏旨，因为灵魂深处没有被触动。陀思妥耶夫斯基企图用上述思想促使他的人物进入这个领域，在他看来深层区绝非灵魂的地狱，相反，是灵魂的天堂。正因为如此，他笔下的人物时不时隐约到达了真福的境界。这种在人间建立的"至福"，这种即时的快乐、永恒的瞬间，也体现在纪德的《地粮》中："正是在永恒中应当从此刻起生活。进而，正是从现在起应当在永恒中生活，是吗？"

那么，真福的境界究竟像什么样？进入永恒生命时有何感觉？谁切身体验过？笔者认为纪德多次举的例证和引述都令人怀疑，不足为训。但，他自己坚信不疑。他认为就是癫痫病发作时的那种感觉。在纪德看来，有志于从事思想领域变革的人自身思想往往不平衡，而他们勇于使自己思想的不平衡合法化，改革家的成就便在于此。纪德郑重其事地做过调查，下了苦功做过研究，认为许多大改革家都是精神失常者、癫痫病患者："路德和陀思妥耶夫斯基也是癫痫患者。苏格拉底有精灵附身，圣保罗肉体上有神秘的刺，帕斯卡尔面临深渊，尼采和卢梭以发疯告终。"照他这么说，智慧超凡的先知先觉者除了一般的思想和行为与众不同外，还得多少有点精神分裂。至于真福的境界究竟如何，纪德始终没有说清楚。总之，在如此重大的问题上，纪德敢于做出这般主观的归纳（因为他没有提供更为科学的论据），其用心确实真诚，但似乎缺乏更强的说服力。

最后，我想研究一下纪德对陀思妥耶夫斯基的总体评价，进而探讨陀思妥耶夫斯基对纪德的影响，透过纪德的评论观察纪德的思想，是我译介这本书的主要目的。

纪德对小说家、思想家陀思妥耶夫斯基的崇高评价，一言以蔽之就是"前无古人后无来者"，他认为"陀氏跟易卜生和尼采一般伟大，也许比他们更为重要"，确信陀思妥耶夫斯基是"最伟大的小说家"，比巴尔扎克、狄更斯等更伟大，因为他"在某些领域比任何作家涉及得更加深邃，触及点比任何作家更加重要"。陀氏小说实现了一个奇迹，非但把每个人物塑造成一个族，就是说既按自身本质存在，坚守自己特殊的秘密，又以纷繁复杂的面貌出现，而且使矛盾缠身的各种人物互相打个不休。因此，在纪德看来，陀思妥耶夫斯基是揭示心理秘密的大师，善于展现"矛盾百出的情感共处"。我们知道，人的心灵是复杂多变的，多元无序的，陀思妥耶夫斯基的思想正是以对心灵丰富性的崇拜为基础而建立起来的。而心理真实正是最高的真实，从这里出发便可动摇西方传统的人的观念，摧毁"一成不变的超验现实"，而西方人几千年来一直以此作为至高无上的精神调节。

所以，纪德所推崇的作家一律是反传统的，从卢梭到尼采，从蒙田到陀思妥耶夫斯基，他本人也是如此。因为，每个历史时期，人类总想用约定俗成的形象来掩盖真正的人性。而他们在不同的时代都致力于揭去这种面具，追本溯源，抓住了人的生成本质。在实践中磨炼出独特的洞察力，为反对因循守旧，反对一成不变，不怕魔鬼缠身，乐于心灵分裂乃至人格分裂。他们从不弃绝任何东西，既保护自身的精华又庇护自身的糟粕，在不断分裂中度过一生。纪德自己就说："最最对立的倾向都从未使我成为一个苦恼的人。"（《日记》，1919 年）因此，挖掘灵魂最幽暗的角落成了这些作家的主要任务，而小说恰恰是一门不把话说尽的艺术，借助"魔鬼"的力量，通过堕落、无行、犯罪，以感性的形式和形象的语言表现命运的坎坷、道德的变迁、情操的纯洁、灵魂的高尚，从而揭露魔鬼、丑恶、罪孽。在这层意义上讲，充分肯定魔鬼的积极作用不但可能而且必不可少了；也在这层意义上讲，波德莱尔把自己的诗集定名为《恶之花》。纪德正是从这里出发，称陀思妥耶夫斯基为小说大师。

我们不禁会问：为什么纪德对陀思妥耶夫斯基如此崇拜？只要读一读纪德的著作就不难理解了，况且他本人在此书中就一再声明："我把陀思妥耶夫斯基的思想看作自己的思想"；"我常常在这里假借陀思妥耶夫斯基来阐述本人的思想"；"我感到他有我汲之不尽的相似点，我从中自觉或不自觉探求的，正是最接近我本人思想的东西"。我们甚至可以说，纪德从信仰、思想、创作到行为举止无不以陀思妥耶夫斯基为宗师，我们也完全可以把纪德对陀思妥耶夫斯基的评论套用到他的身上。

纪德近半个世纪的挚友、诺贝尔文学奖得主（1937）马丁·杜加尔说纪德读陀思妥耶夫斯基的书读得太多，"中斯拉夫毒害"至深，动不动向陀思妥耶夫斯基学习，譬如模仿陀思妥耶夫斯基动辄向人"忏悔"。我们知道，陀氏也像自己笔下的人物，卑躬屈膝得令人愕然不知所措，常常突如其来，以不合时宜的方式向别人忏悔，恳求别人原谅，弄得人家莫名其妙。纪德如法炮制，何其相似乃尔：他随时向不大认识的人披露心迹，当着崇敬他的来访者，随意叙述隐秘甚至隐私，把人家吓一跳。他这般随时随地公开坦白，活脱脱成了陀思妥耶夫斯基笔下的一个人物。纪德如此塑造自己在世人眼中的形象，并非卖俏取宠，而是真诚之举，是情不自禁的冲动使然：自恋的分裂必须由被爱来补充。蒙田说："人只能认识自己。"他怀疑认识他人的可能性。但无可否认，每个人都无法抗拒地渴望他人认识自己。为此，纪德认为必须真诚，克服作弊，反对乔装打扮，更反对以虚假理由文过饰非。然而，真诚如何获得呢？具有独立人格的纪德把陀思妥耶夫斯基奉为楷模：一个艺术家应当寻找个人的伦理观，不应接受外在于自我的东西，这样才能达到真诚，即忠实于自我的真诚。也在这层意义上他非常欣赏地援引陀思妥耶夫斯基的妙语："不应该为任何目的糟蹋生命。"因为，在他看来，真诚的文艺创作最为可贵，所以他甚至反对"忠实于他人强加于我而被我们接受的真诚"，我们可以把这句欧化的话译成"盲目遵命的真诚是丧失鉴别力的虔诚"，正如他在《伪币制造者》中批判的那种教条主义者，那种虔诚的

"僵化者"。

纪德式人物和陀氏人物一样，自我表现性很强，即真诚地自我揭示，真诚地自我突出，内心剖白而不改变自己的模样；也和陀氏人物一样，尽管很有代表性，却从不脱离人性，从不象征化。总之，保持人性而不成为抽象符号。"这个世界上最最困难的是保持自我。"充分体现魔鬼合作的《伪币制造者》，描绘了作者本人意识的多层次对话，即作者内心分裂成众多的人物，这就印证了陀思妥耶夫斯基身上那种心理学上"无法解释的现象"，即"与利害不相干"的突发行为，既没有预兆也没有动机。《梵蒂冈的地窖》（1914）中纪德式人物拉弗卡迪欧在从罗马到那不勒斯的火车上，仅仅因为每每数到十二以前总看得见沉浸于夜幕的田野中出现一次火光，而把可怜的弗洛里索瓦扔出了车厢。剧中人小说家巴拉格利欧竟敢说："没有任何理由把无缘无故犯罪的人假定为罪犯。"如此肆无忌惮的行为和论调当然引起西方文明的捍卫者——不管宗教的或世俗的——的严厉抨击，但受到以《地粮》主人公纳塔纳埃尔自居的青年们热烈的欢迎，这些人此时又以拉弗卡迪欧自居了，他们就是鼓噪一时继而震撼世界文艺界的超现实主义一代，甚至两代。

纪德像陀思妥耶夫斯基一样，也是反对基督教社会

（尤其天主教社会）的基督徒，不受基督教会任何约束，却把《福音书》奉为至高无上的真谛。他曾一度加入共产主义营垒，却说什么"是《福音书》而不是马克思引我走上共产主义道路"。他在自己的著作中自觉或不自觉引用《圣经》，有时多得连自己也感到惊讶。但他从不后悔，相反，他认为从早期《沼泽地》（1895）开始，使他最感兴趣的，正是他不知不觉写进书中的东西，这个无识的部分，他称之为上帝赐予的部分。为了接近真谛、至福，必须探测人类的心灵，特别是探测灵魂的最深处。为此，他也特别注意研究陀思妥耶夫斯基独特的文学表现形式：带有浓厚而深刻的心理分析现实主义，而且注意到陀思妥耶夫斯基最早把意识流这种文学形式"推至多元而精巧的完美"，比如《地下室手记》（1864）从头至尾只是一篇内心独白。纪德本人也独创了适合心理分析的"套中套"这种文学表现形式。纪德终于找到了适合自己条件的典范，可以明目张胆地拒绝一切传统道德和教条的束缚，理直气壮地我行我素，从而创造出思想丰富、激情洋溢而富有生命力的作品。

言不尽意，我们不妨援引纪德曾引用过的拉布吕耶尔《品格论》中一小段话来形容和评价陀思妥耶夫斯基："真实的伟大是不拘形式的……不怕别人近瞧细看，叫人越熟悉越喜爱。对下属躬身布恩，而后自然而然恢复原状，有时则任其自流，不修边幅，不在乎自己的优点长处，但随时可以发挥自己所长。"

纪德一向以法兰西文化为豪，却如此推崇一个落后的俄罗斯帝国的作家，声称"我常常假借陀思妥耶夫斯基来阐述本人的思想"，实属难能可贵，尤其当时法国研究俄罗斯文学的权威是些傲慢自负的文人学者，虽然比起陀思妥耶夫斯基所批评的那些俄国"无知而傲慢的知识分子"来算得上饱读经典的。纪德批评道："对外国的东西只愿意接受跟我们相像的东西，从中找到我们的秩序和逻辑乃至我们的形象，那就大错特错了。"他一再提醒："法兰西若只盯着自己的形象，只盯着自己过去的形象，就会有致命的危险。"这些发人深省的教诲至今对我们仍大有裨益。

最后，我们不妨采用莫洛瓦[1]对纪德的一段精彩的评价来表达对纪德的赞赏："他（纪德）的一生是一系列投身介入和解除介入的漫长过程。他一向忠实于唯一的教条，即拒绝接受任何教条……他自始至终宣扬从蒙田从歌德受到启迪的智慧。除去他引以为憾的短期介入政治之外，他只想做一个艺术家，即坚持给思想提供一个完美的形式，并

1　安德烈·莫洛瓦（1885—1967），法国传记作家、小说家，法兰西学院院士。

作为自己唯一的职业：作家的角色是修建一座住房，而占据此住房者则是读者。此谓纪德者也。"

1995 年 7 月于巴黎

2021 年春于巴黎补充

金句摘录

　　自愿的牺牲，完全有意识和不受任何约束的牺牲，为大家的利益所做的自我牺牲，在我看来，标志着最高发展的个性，最优越的个性，最完美的自我把握，最自由的主宰……

　　最卑贱者比最高最贵者更接近上帝的王国。

　　谦卑使人顺从，欺凌则使人反抗；谦卑打开天堂大门，欺凌则打开地狱之门。

　　圣人中没有艺术家，艺术家中也没有圣人。

　　人之不幸，只因不明白自己是幸福的，仅此而已。

　　我常常假借陀思妥耶夫斯基来阐述本人的思想。

——纪德

倘若上帝存在，一切取决于上帝，在其意志之外我一无所能。倘若上帝不存在，一切取决于我，那我就有责任表明我的独立性。（《群魔》）

不应该为任何目的糟蹋自己的生命。真诚的文艺创作最为可贵。

——陀思妥耶夫斯基

因为凡要救自己生命的，必丧掉生命；凡为我丧掉生命的，必得着生命。

——《圣经·马太福音》（16:25）

有欲望而无行动的人散发臭气……别指望死水里有鱼。

精力是唯一的生命。精力是永恒的快悦。

过分之道通向明智之宫；疯者若一味坚持其疯，会成为智者；只有对过分有过体验的人方知足够。

雨水池蓄水，泉水池溢水。

发怒的虎比识途的马更明智。

怀着高尚之情感做出蹩脚之文学。

没有魔鬼的协作就没有艺术可言。

——威廉·布莱克

真正的生灵是大善大德的开端。

人只能认识自己。

——蒙田

有多少人若未听说过爱情就永远不会知道爱情呢?

——拉罗什富科

一个民族只有陷入水深火热,处于罪孽深渊才能觉醒。

正因为不肯认同苦难和罪孽,美国才没有灵魂。

——拉特瑙

人没有权利擅离本分,无视世上发生的事情,为此自古就有优良的道德依据: Hamo Sum, et nihil humanum。

——泰伦斯《人是自己的刽子手》

真实的伟大是不拘形式的⋯⋯不怕别人近瞧细看,叫人越熟悉越喜爱。对下属躬身布恩,而后自然而然恢复原状,有时则任其自流,不修边幅,不在乎自己的优点长处,但随时可以发挥自己所长⋯⋯

——拉布吕耶尔《品格论》

献给雅克·里维埃尔[1]

---

1 雅克·里维埃尔（Jacques Rivière, 1886—1925），法国作家，曾任中学哲学教师。出于对纪德的崇敬，早期加入《新法兰西评论》，深受纪德的影响，后来领导该刊多年，与纪德可谓"平生风义兼师友"。译注。本书脚注未另作说明者均为译者注。

唯有陀思妥耶夫斯基教我学到了一点心理学。在我，发现陀思妥耶夫斯基比发现司汤达更为重要。

——弗·尼采

辑一　　散　论

从书信论陀思妥耶夫斯基 [1]

托尔斯泰巨大的身躯依然嵯峨，阻挡着地平线，几个先驱智者却或已经发现，在巨人托尔斯泰背后赫然升起陀思妥耶夫斯基，恰如多山地区所见：最近最高的山峰，往往为毗连的峻岭所遮掩而不得窥其巍峨，等到慢慢远离之后才重新发现其雄伟。这座被半遮半掩的山峰，这个重峦叠嶂中神秘的山崖，就是他，陀思妥耶夫斯基；多条丰美的江河发源于斯，如今正可大量满足欧洲新的渴望。可与易卜生和尼采媲美的正是他，陀思妥耶夫斯基，而不是托尔斯泰；他跟易卜生和尼采一般伟大，也许比他们更为重要。

大约十五年前，德·沃居埃 [2] 先生以高贵的姿态，托着

1　此文写于 1908 年。

2　欧仁－梅尔基奥·德·沃居埃（Eugène-Melchior de Vogüé, 1848—1910），子爵，法国作家，曾任驻彼得堡外交官，发表过《俄罗斯小说》（1886）等多种著作。

雄辩的银盘向法兰西献上打开俄国文学的铁钥匙，但讲到陀思妥耶夫斯基的时候，却为他论及的作家之粗野表示歉意。他承认陀氏具有某种天才，但同时，又合乎礼仪地有所保留，为陀氏太多的粗言秽语感到非常不自在，尚希读者原谅，说什么"绝望促使他千方百计让我们的世界去理解他的世界"。德·沃居埃先生对陀氏早期作品略加陈述，觉得这些作品即使不讨人喜欢，至少尚可忍受。之后，他着重论述了《罪与罚》，提醒读者注意，"完成这部作品之后，陀思妥耶夫斯基的才华便停止上升了"。读者不得不相信他的话，因为当时除了此书，陀思妥耶夫斯基的东西几乎都没有翻译过来。他甚至说："陀氏还会振翅飞翔一阵子，但只是在迷雾中，在越来越混浊的空中转圈子罢了。"然后他宽厚地介绍了《白痴》一书的特点，接着谈到《群魔》时，说这本书"杂乱无章，布局不工，不伦不类，充斥着世界面临末日的论说"；至于《作家日记》，就像"暧昧不明的赞歌，既缺乏分析又逃避论战"。他只字不提《永久的丈夫》和《地下室手记》，却写道："我未提一本叫《成长》的小说，因为比起先前的小说要差得多。"继而更不客气地指出："我不想多谈《卡拉马佐夫兄弟》，据普遍供认，俄国极少有人有勇气读完这个没完没了的故事。"最后他作出结论："我的任务只限于唤起人们注意这个作家，他在那边已大名鼎鼎，在这里却几乎名不见经传；我只想指出他的作品中最能显示他多方面才华的三部（？），那就是《穷人》《死屋手记》《罪与罚》。"

因此，我们不大知道该怎么办，该感激德·沃居埃先生吧，不管怎么说，他是第一个告知我们的人，或者该对他生气，因为尽管他确实诚心诚意，看上去还勉为其难呢，但他向我们介绍这位奇才时所提供的形象却是过分简略的，很不完整的，甚而至于歪曲的。因此我们怀疑，《俄罗斯小说》的作者引起读者对陀思妥耶夫斯基的注意是有利于陀氏的，但只叫人们注意他的三本书，那就有损于陀氏了。诚然这三本书令人赞赏，但并非最有意义的，唯有读他更多的书，我们的赞赏才是完完全全的。不过，对一位沙龙式的智者来说，陀思妥耶夫斯基也许不好理解，或不好一下子深入理解。"他一味使人疲劳，活像纯种马总在活动，叫人不得休息。再加上被迫在小说中认出自己，结果读时特别费劲，闹得精神十分疲劳……"三十年前，社交界人士谈起贝多芬最后几部四重奏，其说法没有什么两样。陀思妥耶夫斯基在一封信中曾指出："很快被人理解的东西寿命不长。"

德·沃居埃先生这些贬义的评价实际上延迟了陀思妥耶夫斯基著作的翻译、出版和发行，使读者望而生畏，结果竟允许夏尔·莫里斯先生削足适履，把《卡拉马佐夫兄弟》译得残缺不全¹，所幸的是，陀思妥耶夫斯基的著作终于慢慢由多家出版社一部部出全了²。

---

1 所谓《卡拉马佐夫兄弟》法语全译本是先经莫里斯和哈尔佩里纳－卡曼斯基合译上卷，1888年由普隆出版社出版，而下卷则经皮延斯托克和托凯合译，1906年才由沙邦蒂埃出版社出版。原注。（这部巨著后来在法国又有多种译本。译注。）

2 陀思妥耶夫斯基著作现只剩下几篇不重要的中篇小说没有译出。

现把译著目录按原著出版年份排列如下，当不无裨益：

《穷人》（1846），维克多·德雷利译，普隆出版社，1888年；

《双重人格》（1846），皮延斯托克和韦尔特译，水星出版社，1906年；

《别人的妻子》（1848），短篇小说集，哈尔佩里纳－卡曼斯基和莫里斯合译，普隆出版社，1888年；

《脆弱的心》（1848），哈尔佩里纳－卡曼斯基译，佩兰出版社，1891年；

《诚实的小偷》（1848），哈尔佩里纳－卡曼斯基译，佩兰出版社，1892年；

《涅陀契卡·涅兹凡诺娃》（1848），哈尔佩里纳－卡曼斯基译，拉菲特出版社，1914年；

《童魂》（1849），哈尔佩里纳－卡曼斯基译，弗拉马里翁出版社，1890年；

《斯捷潘奇科沃村及其居民》（1858），皮延斯托克和托凯合译，水星出版社，1905年；

《舅舅的梦》（1859），哈尔佩里纳－卡曼斯基，普隆出版社，1895年；

《被欺凌与被侮辱的》（1861），乌姆贝尔译，普隆出版社，1884年；

《地下室手记》（1864），哈尔佩里纳－卡曼斯基和莫里斯合译，普隆出版社，1886年；

《赌徒与白夜》（1848—1867），哈尔佩里纳－卡曼斯基译，普隆出版社，1887年；

《罪与罚》（1866），维克多·德雷利译，普隆出版社，1884年；

《白痴》（1869），维克多·德雷利译，普隆出版社，1887年；

《永久的丈夫》（1870），哈尔佩里纳－卡曼斯基夫人译，普隆出版社，1896年；

如今陀思妥耶夫斯基对读者的吸引速度仍然缓慢，而且只限于相当特殊的精英层；不仅颇有教养颇认真颇宽厚的广大读者嫌弃他，甚至对易卜生的戏剧都不动心了，而且那些能欣赏《安娜·卡列尼娜》乃至《战争与和平》的读者，或对《查拉图斯特拉如是说》如痴如狂而对他人不太厚道的读者，也嫌弃他。这就怪不得德·沃居埃先生了，否则就不符合实际了。究其原因，相当微妙，但研究陀氏书信能使我们找到大部分原因。所以，今天我不想谈陀思妥耶夫斯基的整体著作，而只论述最近问世的一本书，即 1908 年 2 月由《法兰西水星》月刊社出版的陀思妥耶夫斯基《书信集》。

《群魔》(1870—1872)，维克多·德雷利译，普隆出版社，1886 年；

《作家日记》(1876—1877)，皮延斯托克等译，沙邦蒂埃出版社，1904 年；

《少年》(1875)，皮延斯托克等译，法斯凯尔出版社，1902 年；

《俄国圣诞节》(1876)，克尔济罗夫斯基译，行家出版社，1894 年；

《卡拉马佐夫兄弟》(1870—1880)，上卷，哈尔佩里纳 - 卡曼斯基和莫里斯合译，普隆出版社，1888 年；下卷，皮延斯托克和托凯合译，沙邦蒂埃出版社，1906 年。

另外节译出版的有：

《早熟的人》——《卡拉马佐夫兄弟》片段，哈尔佩里纳 - 卡曼斯基译，哈佛出版社，1889 年。

《克罗特卡娅》——《作家日记》片段，哈尔佩里纳 - 卡曼斯基译，普隆出版社，1886 年。

以上书目列于 1908 年。原注。

上 篇

我们渴望发现一尊神，碰到的却是一个人：患病，贫穷，不停辛劳，奇特地不具备他强力指责法国人的那种假优点——口才。论及这样一本不加修饰的书，我将尽量让自己排除一切不诚实的想法。如果有人希望从中找到艺术性、文学性或什么风趣的玩意儿，那我奉劝他最好马上放弃阅读这部书信集。

书信的行文常常是杂乱的，笨拙的，欠通的。我们感激皮延斯托克先生没有勉为其难地强作掩饰，没有纠正这种很具特性的笨拙。所以，我们的引文全部参照皮延斯托克的译文，笨拙的地方、文理不通之处，都是尽量模拟的俄文原本，虽然有时叫人感到别扭。

的确，初读时令人扫兴。德国的陀思妥耶夫斯基传记作者霍夫曼夫人暗示俄国出版者提供的陀氏书信本来可以选择得更好一些。霍夫曼夫人认为，我们一看陀思妥耶夫斯基的私人通信便可觉得，陀氏遗孀安娜·格里戈里耶芙娜和陀氏弟弟安德烈·陀思妥耶夫斯基在选择陀氏书信发表时让人家出了坏主意，他们本可以撤下多封只涉及银钱的信而换上几封更为隐秘的。光是陀氏写给他第二任妻子安娜·格里戈里耶芙娜的信就不少于 464 封，还一封没有发表过。但我不信其基调会有什么不同。

瞧这部集子，厚厚的，厚得叫人窒息，并非因为信件多，而是因为每封信都非常不成型。集子尽可以厚，再厚也无妨。我们感到遗憾的是皮延斯托克先生没有费心把已经刊登在多种杂志上的陀氏书信汇总一并发表。譬如，为什么他只取刊登在《田地》[1]（1898 年 4 月？）杂志上三封信的第一封？为什么不取 1856 年 12 月 1 日写给弗朗吉尔的那封信？至少取其已发表的片段嘛，陀思妥耶夫斯基讲述他的婚姻，明显希望他生活中这个幸福的突变会治愈他的神经衰弱症。尤其为何不取 1854 年 2 月 22 日那封很精彩的信？这是刊登在《俄国旧事》[2]的陀氏信件中最重要的一封，而且有哈尔佩里纳和莫里斯的译文刊载在 1886 年 7 月 12 日的《流行》[3]杂志上。皮延斯托克在书信集后面附加了《告御状》，《时代》[4]杂志的三篇序言，杂乱无章的《国外旅行》（但其中有几段特别能引起法国人的兴趣），还有

1 《田地》周刊，俄国文艺和科普刊物，1870 年至 1918 年在彼得堡发行，该刊 1894 年至 1916 年出版的《每月文学副刊》多有著名作家的作品。
2 《俄国旧事》月刊，1870 年至 1918 年在彼得堡发行的一份历史杂志，主要刊登 18、19 世纪的官方文件、回忆录、书信等历史材料。
3 《流行》周刊，20 世纪初的法国文学杂志。
4 《时代》月刊，1861 年至 1863 年在彼得堡发行的文艺和政治性刊物，陀思妥耶夫斯基是该刊主持人。

非常惹人注目的《试论资产阶级》，对此我们表示赞赏，但他为什么不加上那篇感人至深的辩护词：《我的辩护》（写于彼得拉舍夫斯基事件期间，八年前发表于俄国，法语译文［罗森柏格译］载于《巴黎杂志》）？最后，抑或不时加几个注释有助于阅读，抑或按不同的时期略加分类，有助于说明各个沉默的间隔，不是更好吗？

文学家的书信写得如此糟糕也许还没有先例，我的意思是说，如此不加修饰。他，"讲别人"，娴熟巧妙，一旦谈自己却困惑含混，好像见诸笔端的思绪不是络绎不绝，而是万千同至；或好像勒南[1]所说的"多枝累累硕果"，他不得不随心和盘托出，弄得焦头烂额才能把累累思绪公布于众。这些丰富而纷繁的头绪一经控制，在创作小说的过程中有利于复杂雄浑的谋篇布局。陀思妥耶夫斯基创作时呕心镂骨，含辛茹苦，把每篇故事一页页改了再改，毁了重写，孜孜不倦，直到深中肯綮，独具匠心；书信则是随意挥洒之作，想必不做删改，但又不断改变说法，所谓逸笔草草，一挥而就，也即没完没了地赶时间。灵感！用来衡量作品和作者之间距离的，舍灵感莫属。啊！浪漫派令人心醉魂迷的发明！才思敏捷的诗神！你们在哪里呀？还

1　勒南（Ernest Renan，1823—1892），法国史学家、作家，在其巨著《基督教起源史》中用"多枝累累硕果"来形容基督教的成就。

是套用布封[1]谦虚的话吧："天才出于勤奋。"此话用在这里再恰当不过了。

"那么，朋友，你的理论是什么呢？"他初出茅庐时给兄弟写道，"一幅画应当一次画成吗？……你什么时候坚信不疑的？听我说，哪里都需付出劳动，艰巨的劳动。相信我的话，普希金的一首诗，轻巧雅致，才寥寥几行，看上去一气呵成，却原来酝酿良久，才信手拈来俱天成……信笔写的东西，都不成熟。据说，莎士比亚的手稿见不到涂改的杠子，正因为如此，他的作品奇形怪状，缺乏韵味。倘若莎翁下点功夫，还会写得更好……"

这就是整个书信集的笔调。陀思妥耶夫斯基把最佳时间最佳情绪用于创作，没有一封信是写来娱情消遣的。他反复强调"对写信的厌恶是极其强烈的，无法克服的，不可想象的"。他宣称："书信是荒唐的东西，根本无法借以倾心吐胆。"更有甚者："我给您什么都写了，却发现关于我的精神生活、心灵状态根本没有涉及，连个大概都没有提及。我们的通信不管保持多久，都会是这个样子的。我不善于写信，更不善于写我自己，恰如其分地写我自己。"另外，他还写道："信里边什么也写不清楚。为此我一向不能容忍

1　布封（Buffon，1707—1788），法国博物学家、作家，著有《自然史》等。他的《风格论》早已成为名篇。"风格即人"等名言就出自他的作品。

塞维尼夫人[1]：她的书简写得太好。"甚至幽默地宣称："有朝一日我进地狱，为惩罚我的罪孽，一定罚我一天写一打信。"我想这是在这本忧郁的书中唯一可以抄录的趣话。

因此，他只在最迫不得已时才写信。他一生的书信（除了最后十年是另一种调子，对此我将专门谈及），每一封都是一次呐喊：他一文不名；他走投无路；他苦苦哀求。我所说的呐喊，是一种穷途末路的呻吟，无休止的，一成不变的。他的请求既无技巧，又无自尊，更无调侃。他请求，而又不善于请求。他哀求，刻不容缓；他一而再再而三恳切细说他的需要……他使我想起圣方济各在《小花》[2]中讲述的那个天使，说天使扮成流浪者来到司波莱特山谷新兴的善会敲门，敲得那么急那么久那么重，惹得修士们发火了，主事的（我们不妨影射德·沃居埃先生）终于出来开门，对他说："你是何许人？怎么不懂敲门的规矩？"天使问道："应当怎样敲门呢？"主事兄弟回答："敲一下停一下，这样敲三下，然后等候。应当让出来开门的念完天

1　塞维尼夫人（Madam de Sévigné，1626—1696），法国散文家，有《书简集》传世。
2　圣方济各，又称阿西西的圣弗朗西斯（1181—1226），是天主教方济各会的创始人，他的弟子们将其事迹撰写成一篇篇故事，集名《小花》，出版于14世纪。又，阿西西现为意大利中部城市，是著名的朝圣地。

主经。等这个时间过了，若不见人出来，再敲门……"天使抢嘴："可我急如星火哇……"

"我窘况百出，拮据得准备上吊，"陀思妥耶夫斯基写道，"我无力还债，也因缺钱而无法外出避债。""从现在到年底，我的日子怎么过呢？不知道。我的头快裂了，没有人可以借钱了。"（他笔下的一个主人公曾说："走投无路，这您知道意味着什么吗？"）"我给一个亲戚写信，向他借六百卢布。他若不寄来，我就完了。"这类抱怨或类似的牢骚，在书信集中比比皆是，我信手拈来，全不费功夫……有时，每隔半年，他又天真地强调一次："需钱救急，一生中也仅此一次而已。"

最后的岁月，他也像自己笔下的人物，卑躬屈节得令人愕然不知所措，这种奇怪的俄罗斯式谦恭完全可以同时是信奉基督教的，但霍夫曼夫人断言这种谦恭存在于每个俄国人的灵魂深处，甚至存在于不信奉基督教的俄国人灵魂深处。她还说，西方人永远不能完全理解这种谦恭，因为西方人把自尊当作美德，理解不了这样的话："他们为什么要拒绝我呢？我又不强求，而是谦恭地请求哇。"

这部书信集的作者只在万不得已时才写信，所以总是显得失意无望，对此我们也许会产生错觉……不会的，不会弄错的：每每大笔汇款到后无一不很快被债务吞掉，以至于他五十岁上写道："我一生为钱辛劳，一生贫困缠身；如今更甚于以往。"负债累累，或赌博输钱，或理财无方，或不假思索的慷慨和毫无节制的施与，引起他二十岁时的同伴里埃森康普夫的议论："陀思妥耶夫斯基是这样的一个人，他使周围所有的人生活得好好的，可他自己却一辈子手头拮据。"

陀思妥耶夫斯基五十岁时写道："这部未来的小说（系指《卡拉马佐夫兄弟》，九年之后才动笔）已经使我坐立不安三年多了，但我还未动笔，因为我很想从容不迫地写这部小说，就像托尔斯泰、屠格涅夫、冈察洛夫[1]那般写作。我至少要有一部著作写得从从容容，不受时间的限制。"但他说也白费，什么"我不明白可以为了钱仓促了事"。钱的问题始终干扰他的写作，他总害怕不能按时交稿："我怕没有准备就绪，怕拖延。我不想由于仓促把事情搞糟。确实的，创作计划考虑得很周到，研究得挺仔细，但不能因为太仓促把一切搞糟。"

为此他过度地工作，过度得可怕，把自己的荣誉倾注在艰难的守约上。他宁愿累垮也不肯交出有缺陷的作品，

1　冈察洛夫（Goncharov, 1812—1891），俄国作家，代表作《奥勃洛摩夫》。这几位 19 世纪俄国文学大师都是有钱人，不需为生活发愁。

于是到晚年他可以心安理得地说："在我整个文学生涯中，我始终守约，一丝不苟，没有一次说话不算数。况且，我写作从未单单为了挣钱而置契约于不顾。"先前在同一封信中他还说："我从未设想过一个主题是为了赚钱的，是为了按预定日期而履行写作义务的。我一向等到酝酿好了主题，才订约才预售书稿，而这个主题是我真正想写的，是我认为有必要写的。"以至于最初在二十四岁时写的某封信中，他惊呼："不管怎么样，我发誓了：即使落到家徒四壁，我也将坚持，决不凭订单写作。订单叫人受不了，预约总是一事无成。我要求自己每个作品都是出色的。"我们不必仔细琢磨便可说，他毕竟实践了自己的诺言。

陀思妥耶夫斯基一生始终痛苦地确信，如果有充裕的时间，有更多的自由，他一定能把自己的思想抒发得更好："使我非常困扰的是，我若提前一年动笔写小说，然后用两三个月誊清和修改，那一定大不相同。我敢保证。"也许是幻想吧？谁说得清道得明？空闲多了，就能如愿以偿？他还追求什么呢？大概更加简练吧，细节的衔接更加完美吧……但就拿他最优秀的作品来说，几乎每个部分都是简洁明快的，很难想象再上一层楼。

达到如此境界，需要做多大的努力呀！"只有灵感部分，一下子同时涌现，而剩下的作业却非常艰巨。"他兄弟大概责备他写作不够简练，言外之意，不够迅速，而且不"让灵感驰骋"，陀思妥耶夫斯基当时还年轻，却驳道："显而易见，你把灵感和劳作混淆了，灵感是最初瞬间的创造或心灵活动（经常发生的）。举例来说，当我脑子里出现一个场景，我马上记录下来，心里很高兴。之后，需要几个月，需要一年精细加工，其结果好上加好，明摆着的。但愿灵感来临。当然，若没有灵感，什么也干不成。"我引了这么多话，该表示歉意呢，还是应当感激我宁愿尽可能让陀思妥耶夫斯基出来多说话呢？"起初，就是说去年岁末（此信写于1870年10月），我认为此稿（系指《群魔》）是深思熟虑的，布局完整的，看着心里十分得意。后来，真正的灵感来了，突然我对这部作品由衷地喜欢，全心投入，立刻动手把已经写的画掉。"当年他还写道："全年我一味撕呀改呀……我的计划至少改了十次，第一部分完全重写了。有那么两三个月，我气恼绝望。但最后百川归海，臻于完善，不可再改了。"这种对完美的追求自始至终困扰着他："倘若我有时间从容写作，不受期限约束，那可能产生出好东西。"

这种焦虑，这种自责，他每写一本书都经历过：

"小说（《罪与罚》）很长，有六部分。11月底已有一大段写完了，一切就绪，但我把它全烧了。现在我承认当时很不满意，因为一种新形式、一个新计划油然而生。于是我重新开始。我夜以继日地工作，但进展缓慢。"他在别处写道："我写作，但一味撕掉，什么也未写成。我好气馁哟。"又在别处写道："我工作过度，变得傻头傻脑，感到晕头转向。"又在别处写道："我在这里（斯塔雷亚·罗莎）像苦役犯似的埋头苦干，连天晴日丽的天气都放弃享受，日日夜夜伏案写作。"

有时候连一篇简单的文章都像写一本书那样费劲，因为不管对待小事或大事，他一丝不苟的精神是同样完整无缺的：

"我把这篇文章（回忆别林斯基的，再也找不着了）一直拖到现在，那是咬着牙写完的……十页小说比这两页文章容易写得多！算起来，这篇该死的东西，我至少写了五次，然后全画掉，改变初衷重写。最后总算凑合完成了，但蹩脚透顶，直叫我恶心。"

如果说他对自己思想观点的价值深信不疑，那他对自己最优秀的作品却始终是苛求和不满的：

"我很少有过比它（《卡拉马佐夫兄弟》）更新鲜更完整更独创的东西。我这么说不必担心被指责为骄傲，因为我说的是主题，即在我头脑里已扎根的思想，而不是说实施，成事要靠天；我把思想付诸实施时有可能搞糟，这在我是经常发生的……"

"不管我所写的有多么蹩脚多么糟糕，"他在别处写道，"小说的思想以及我为之付出的劳动，对我这个微不足道的作家来说，是世上最珍贵的。"

"我对自己的小说很不满意，简直感到厌恶，"他在创作《白痴》时写道，"我拼命强迫自己工作，但办不到，我胆气不足。眼下，就第三部分做最后的努力。小说能安排好，元气就得以恢复，否则我就完了。"

不仅写了德·沃居埃先生称为陀氏杰作的三本小说，而且还发表了《地下室手记》《白痴》《永久的丈夫》，他这才在全力投入一个新主题（《群魔》）时惊呼："终于是写严肃的东西的时候了。"

在他去世那年，第一次给 N 小姐写信时仍然说："我知道我作为作家有许多缺点，因为我自己就第一个对自己不满。您可以想象我在某些自我反省的时刻，经常痛苦地发现我连自己想写的二十分之一都没有表达出来，也许根本表达不出来。而成全我的，正是我始终不渝的希望，但愿上帝有朝一日给我力量和灵感，让我更完善地抒发，总之，让我能把深藏在心中和想象力里的一切表达出来。"

这与巴尔扎克的自信以及对自己不足之处的宽厚相比，差距多么大呀！（甚至福楼拜）难道也对自己如此尖酸刻薄吗？也有过如此艰辛的角逐吗？也有过如此疯狂的过量劳动吗？我想没有吧。他的苛求着重表现在文学上。如果说记叙其辛劳在他的书信中占突出的位置，那也因为他喜欢这种辛劳，虽说不上自吹自擂，至少他是引以为自豪的；还因为他把剩下的一切全然不放在心上，认为生活就像"一件丑陋不堪的东西，唯一忍受的办法是退避三舍"，他把自己比作"女骑手，为了射箭，张弓伤了乳房"。但在实际生活中，他把一切都放在心上，他有妻室和孩子，他爱他们。他一点也不轻视生活。从苦役犯监狱出来时他写道："至少我经历过了；我受过苦，但总算活过来了。"对艺术的忘我精神使他不那么傲慢不那么有心计不那么有预谋，从而更具悲剧性更美不胜收。他乐于引泰伦斯[1]的话："人没有权利擅离本分，无视世上发生的事情，为此自古就有优良的道德依据：Homo Sum, et nihil humanum[2]，等等，等等。"他没有躲避自己的痛苦，而是全盘承受。只相隔几个月就先后失去第一个妻子和兄弟米哈伊尔，他写道："我一下子变得孤独无援，我感到害怕。确实可怕呀！我的生活

1　泰伦斯（Terentius，约前190—约前159），罗马喜剧作家，共有《人是自己的刽子手》等六部作品流传，着重人物心理表现，对莫里哀的喜剧创作和18世纪欧洲喜剧作家均有一定影响。
2　拉丁文，意为："我是人，故人的一切对我都不陌生。"引自泰伦斯《人是自己的刽子手》第一幕第一场第25句。

碎成两半：一半是我曾经历过的林林总总，另一半则是无人能代替两位亡者的未知世态。抠字眼儿的话，我已失去生活的依据。建立新的联系？创造新的生活？想起来都感到害怕。我第一次感到没有任何东西可以代替他们，在这个世界上我只爱他们。一种新的爱不仅不会有，而且也不应该有。"但两个星期以后他却写道："我心灵中力量和精气的储备残存着某种紊乱的东西，某种含混的东西，某种接近绝望的东西。对我来说，心烦意乱，愁肠百结，是最不正常的心态……再加上我孑然一身！……然而，我总觉得自己准备活下去。很可笑，是吗？猫的生命力[1]！"他当年四十四岁，不到一年便续弦了。

　　二十四岁被关进预备监狱等待发配西伯利亚时，他情不自禁地说："我现在看出我身上储藏着极强的生命力，很难用得完。"1856年他刑满出狱，刚娶了寡妇玛丽·德米特里耶芙娜·伊萨埃娃，便从西伯利亚写道："现在跟以前不一样了，工作起来深思熟虑，精力旺盛，元气充沛……我精力饱满、勇气十足地奋斗了六年，吃尽千辛万苦，到头来却挣不到足够的钱养活自己和老婆，这可能吗？可不

---

[1]　相传挪亚方舟上受到了老鼠的骚扰，挪亚便伸手抚摸狮子的额头，雄狮旋即打了个喷嚏，喷出一对猫，故猫似狮。猫捉鼠，生命力极强，尤其纯黑猫，有灵性，有魔力，有七次生命。

是嘛！更有甚者，根本没人认可我的能力价值和才华档次，而我对自己的能力和才华却特别寄予希望！"

可叹的是，他不仅仅与贫困斗争！

"我工作的时候几乎总是心烦意躁，忧心如焚；工作过度，体力不支。""最近我不顾犯病，没日没夜地工作。"别处他还写道："连连犯病把我拖垮了，每发作一次，我四天之内镇静不下来。"

陀思妥耶夫斯基从来不隐瞒病情，"该死的疾病"发作太频繁了，连好几个漠不关心的朋友都有时亲眼看见他发病。斯特拉克霍夫[1]在其《回忆录》中叙述过这类病发，他不比陀思妥耶夫斯基更清楚癫痫会叫人丢脸，甚至引起某种精神或智力的"自卑感"，由此导致工作起来特别困难。陀思妥耶夫斯基甚至第一次给陌生人写信也不避讳，因使对方久候回音而表示歉意时，他天真爽直地说："我刚犯了三次癫痫病，发得如此剧烈如此频繁还从未有过。发病后两三天内无法工作，不能写作，甚至不能看书，因为我身心交瘁，难以支撑。现在您知道缘由了，请原谅我拖了这么久才给您回信。"

1　斯特拉克霍夫（Strakhov，1828—1896），俄国批评家，以评论托尔斯泰和陀思妥耶夫斯基著称，《黎明》杂志主编。陀氏《永久的丈夫》首次载于《黎明》创刊号（1869）。

此病在流放西伯利亚前就得了，蹲苦役犯监狱时加重，在国外逗留期间起先有所减缓，后来越发严重。有时犯病的间隔虽然拉长，但剧烈的程度却加大了。"不常犯病的期间遇到突然发作，我便感到极度沮丧，挥之不去的忧郁。以前发病后，此种心情持续三天，现在却七八天。"此信写于五十岁。

尽管频频发病，他仍千方百计抓住工作不放，迫于承诺，不得不全力以赴："《俄罗斯通报》[1]已经预告四月号将刊登《白痴》的续篇，而我，除写完无关紧要的一章外，现成的东西一点也没有。我寄什么好呢？心中全然无数！前天，病况来势凶猛，但昨天仍写作，处在近乎疯魔的状态。"

仅仅由此引起难受和痛苦也倒罢了，更糟的是："唉，可叹！我懊恼地发现我不能像从前，也不能像近期那么快地工作了。"他多次抱怨自己的记忆力和想象力衰弱，五十八岁时，即去世前两年，他说："很久以来我便发现，年纪越大，工作越困难。所以，有些想法，即苦闷，始终难以缓解。"然而他却写出了《卡拉马佐夫兄弟》。

---

[1] 《俄罗斯通报》，又译《俄国导报》，是俄国极有影响的刊物，先后有不同人士在不同时代和地点发行过，主要有：(1)1808年至1824年，格林卡，莫斯科；(2)1841年至1844年，格列奇，彼得堡；(3)1856年至1886年，卡特科夫，莫斯科；(4)1887年至1906年，彼得堡和莫斯科。

去年波德莱尔书信发表时，孟戴斯[1]先生大惊小怪，不无夸张地对艺术家的"道德廉耻"表示愤慨，不一而足。我在阅读陀思妥耶夫斯基书信集时，想到最近发掘的基督名言，十分精彩："当你重新赤条条离去而不因此感到耻辱时，那你便可进入上帝的天堂。"

大概总会有些爱挑剔的文人，为维护浅薄的体统，宁愿只看见伟人的半身雕像高高耸立，而把私信密笺压下来。他们好像对这类文字只抱着溢美的喜悦，正如庸才发现英雄们身上也有他们自身同样的缺点时那般自得其乐。他们说什么有失检点，当他们运用浪漫笔调时，就说"挖坟"至少是"不健康的好奇心"。他们说："把作者本人放过一边，只有作品才最重要！"不错！但依我看，了不起之处在于，尽管如此，作品写出来了，这毕竟有取之不尽的教益。

由于我不写陀思妥耶夫斯基传记，只勾勒这个人物，而且仅仅使用他书信集所提供的素材，所以我只讲他体质上的障碍，我想还可以加上持续不断的贫困，这种跟他形

1　孟戴斯（Catulle Mendès，1841—1909），法国作家。

影相随的贫困好像是他本性暗中所祈求的……一切都跟他作对：他初出茅庐时，尽管幼年多病，却被认为适合服兵役，而他的兄弟米哈伊尔尽管身强力壮，却退了役。他因误入一群可疑分子中而被捕，起先给判死刑，继而获特赦，充军西伯利亚服刑。他在那里一待就是十年：四年蹲苦役犯监狱，六年在塞米巴拉金斯克当兵。他在那边也许没有得到过正经的爱情——从这个字眼儿的一般含义而言："啊，朋友！她非常爱我，我也非常爱她；可是我们生活在一起并不幸福。这一切，等见了面再细谈，简而言之，请记住，尽管在一起很不幸，因为她性格古怪，多愁多虑，病态地反复无常，我们却始终相爱，甚至，越是不幸，越是相依为命。看起来好像很奇怪，但确实如此。"（引自其妻死后给弗朗吉尔的信）但，出于充满热情的仁慈，出于怜悯，出于柔情（一种忠心尽力的需求），出于承受一切和遇事不躲避的自然倾向，他娶了苦役犯伊萨埃夫的寡妇，连带一个游手好闲的大孩子，后来一直由他负担。"您若问起我自己，我说什么好呢？我承担了家庭的烦恼，硬拖着一家大小。但我认为我的生命还没有结束，我还不想死呢。"他兄弟米哈伊尔死后，其家庭也由他负担。他还负担着由他创立、支持、领导的报纸杂志，"为了维护他以为是自己的思想观点"（德·沃居埃语）。况且一旦有了点余钱，也就消遣花了。"不得不采取有力的措施。我开始同时使用三种印刷格式发表作品，不计金钱，不惜健康，不遗余力，一人承担一切。我通读校样；我联系作者，打通审查局；我修改文章；我筹措经费；我站到早晨六点，只睡五个小时。等到我把杂志整顿就绪，为时已晚矣。"确实杂志未能逃脱破产。他补充道："最糟糕的是，我含辛茹苦，自己却不能为杂志写文章，没有我的一行字发表。广大读者见不到我的名字，不仅外省见不到，彼得堡亦然，他们根本不知道是我领导着杂志。"

无关大体！陀思妥耶夫斯基振作精神，孜孜矻矻，重整旗鼓，从不气馁，决不沮丧。直到他生命的最后一年，仍奋进不止，即使不计还会得罪民间舆论，虽已万无一失征服了的，至少要抗争报界的非难："对我在莫斯科所说的话（《话说普希金》），您瞧瞧咱们的报界是怎么对待我的，几乎到处把我比作偷窃犯或诈骗银行的骗子，连乌克汉采夫（当时有名的诈骗犯）都没有受到我那么多的臭骂。"他之所以如此，并非寻求奖赏，亦非出于作家的自尊心或虚荣心。没有比他当初对待一鸣惊人的成就的态度更意味深长的了。他写道："人们给我创造了一种可疑的名誉，我不知道这苦海将持续多久。"

他对自己的思想价值深信不疑，以至把自身的价值也混为一谈，倾注其间。他给朋友弗朗吉尔子爵写道："我为您做了些什么呢，使您对我厚爱到如此程度？"暮年在给一位陌生女性回信时他说："您果真相信我属于解脱心灵的人，拯救灵魂的人，驱散痛苦的人！许多人给我写信都这么说，但我确信我更善于启发人们醒悟，唤起人们厌恶。我不善于抚慰，尽管有时感到责无旁贷。"这颗悲天悯人的灵魂藏着多么深切的温情哪！他从西伯利亚给兄弟写信："我天天夜里梦见你，心惊肉跳。我不愿你死，我要见你，要再一次活着拥抱你，亲爱的兄弟。看在基督的分上，不要让我牵挂。如果你身体好，放下一切事务，莫管一切麻烦，马上给我写信，否则我会发疯的。"

他至少从中找到某种慰藉？在服苦役的四年中，陀思妥耶夫斯基一直没有家人音信。1854 年 2 月 22 日，释放前十天，他才从西伯利亚给兄弟写第一封信，这是我们所知道的，遗憾的是这封精彩的信未收入皮延斯托克先生汇编的集子。"我终于可以跟你长谈了，而且觉得比较安全了。首先，让我以上帝的名义问你为什么一行字都不给我写？我简直难以置信。多少次，在监狱里，在孤寂中，我真感到绝望，心想你或许不在人世了；整夜整夜惦记着你的孩子们的命运，为不能帮助他们而诅咒自己的命运……是不是别人禁止你给我写信？不，写信是允许的，所有的政治犯每年都收到好几封信……我想你沉默的真正原因无非是你天性的冷漠……"

1856年3月23日，陀思妥耶夫斯基从塞米巴拉金斯克给弗朗吉尔的信中写道："尽快详细写信告诉我您对我兄弟的看法。他对我有什么想法？从前他爱我至深，向我告别时痛哭流涕。现在对我是否冷淡了？他的性格变了吗？要是这样的话，那就太可悲了！……难道过去的一切，他都忘了吗？简直难以置信！然而怎么解释他七八个月杳无音信呢？……再说我知道他天生缺少热忱，从前的事历历在目哇！我永远忘不了当K向他转达我求他照顾时，我兄弟说什么，'最好让他留在西伯利亚'。"陀思妥耶夫斯基确是这样写的，但这句缺德的话，他却只希望把它忘掉。上面引述的那封给米哈伊尔的亲切的信是在这封信之前写的。此后不久，他又给弗朗吉尔写道："告诉我兄弟，我紧紧拥抱他，请他原谅我给他造成的种种痛苦，我向他下跪！"1858年8月21日他最终给兄弟本人写信（未被皮延斯托克收入集子）："亲爱的朋友，去年十月的信中我对你（关于你的沉默）发出同样的抱怨，你回信说，读了这些抱怨你感到非常难堪，非常沉重。哦，米沙[1]！看在上帝

---

1 米哈伊尔的昵称。

的分上，别责怪我，想想我是多么孤单，像一堆被抛弃的石子。我的脾气一直忧郁，怪僻，易怒，想想这一切。原谅我吧，如果我的抱怨不公正，如果我的猜疑荒唐。我自己也确信错了。"

大概霍夫曼夫人是对的，西方读者忍受不了如此低声下气的忏悔。我们的文学太具西班牙色彩，教我们学会不忘侮辱方显个性之高贵！……

陀思妥耶夫斯基还没离开西伯利亚便写道："您信中说大家都爱戴沙皇，是的，我简直崇敬他。""西方读者"对此有何感想？是讽刺吗？不是。他在信中一封接一封重复："皇上无比仁慈和宽宏。"十年流放之后，他为自己请求返回彼得堡，为继子保尔请求进入体育学校，在谈到同时提出的两项请求时，写道："我考虑再三，如果皇上拒绝我一项请求，也许不会拒绝我另一项；若不恩准我居住彼得堡，也许会同意接纳保尔入学，从而不完全拒绝我的请求。"

如此卑躬屈膝，的确令人困惑。虚无主义者、无政府主义者、社会主义者根本不屑利用。怎么没有丝毫反抗的声音呢？即使不反抗沙皇——谨慎起见也许尊重为好，至少也反一反社会，反一反使他衰老的监狱吧？听听他自己怎么说的吧："我的灵魂，我的信仰，我的精神，我的情感发生了什么变故，说来话长，免了吧。经常不断的沉思使我逃避凄苦的现实，这会有益处的。现在我产生了以前难以预见的追求和希望。"（1854年2月22日致米哈伊尔的信）在别的信里还说："请你别以为我还像在彼得堡最后几年那样伤感和多疑，今非昔比，一切都过去了。况且有上帝指引我们。"很久之后，1872年致 S. D. 雅诺夫斯基[1]的信吐露了下列异乎寻常的真心话："您爱护我，照顾我，在我赴西伯利亚前，照顾我这个心理上有毛病的人，现在我承认了，因为我的病在西伯利亚却痊愈了。"（楷体字着重处是陀思妥耶夫斯基原信就有的。）

就这样，没有抗议，反倒感恩戴德！有如苍天之手弹压约伯[2]，他内心却没有一句亵渎神明的话……这个殉难者实在令人失望。他为何种信仰而活着？什么信念支撑着他呢？把他的见解审视一番，至少把这部书信集所表明的这类见解审视一番，或许我们会发现隐秘，其实我们已经开始隐约明白陀思妥耶夫斯基不受大众欢迎的原委，不受宠爱的底情，以及在享受天福前仍滞留其间的炼狱。

1　陀思妥耶夫斯基的朋友，生卒年不详。
2　约伯，《圣经》中先知先觉的人物，《旧约》有一章叫《约伯记》，专题记叙约伯的业绩：约伯本是富人，好人，却受到不公正的对待，境遇艰险，连遭迫害，沦为赤贫，以至睡粪取暖，一再受到上帝的考验，但毫无怨言，对上帝的仁慈坚信不疑。法国人常说"穷得像约伯"，意为一贫如洗。

下　篇

作为无党派人士，他害怕造成分裂的党派成见，写道："最使我心烦的想法是，我们思想的一致性包括什么？怎样的观点能使我们大家，不管何种倾向，都能相聚在一起？"他自称是"俄罗斯的欧洲老人"，深信欧洲的"各种对抗在俄罗斯的思想基础上得以和解"。他全心全意致力于这种俄罗斯的团结：所有的党派都应该因对国家和对人类的热爱而融合起来。他从西伯利亚写道："是的，我同意您的见解，俄国将了结欧洲，天职使然。这在我早已了然于心了。"他在别处还把俄国人说成是"空闲的民族，心中装得下全人类的共同利益"。如果他出于也许只是早熟的信念而对俄国人民的重要性产生错觉（这根本不是我的想法），那并非因为沙文主义的自负，而是凭着直觉和极高的智力，他认为，作为俄国人，他看出了造成欧洲分裂的原因以及各党派不同的激情。谈到普希金的时候，他对普希金"同情普天下的特性"表示赞赏，并补充道："这种天赋普希金是与我们的人民分享的，正因为如此，普希金尤其是民族的。"他认为俄罗斯的灵魂好比"调解欧洲各种倾向的场地"，继而惊呼："哪个真正的俄国人不首先考虑欧洲！"甚而至于语惊四座："俄罗斯流浪汉要看到世界得到幸福心里才平静得下来。"

陀思妥耶夫斯基深信："俄罗斯对未来急切的热望，其特性应达到泛人类的最高程度，俄罗斯思想将来也许是欧洲全部思想的综合，尽管欧洲不屈不挠、勇往直前地按不同的民族特性发展各自的思想。"他始终不渝地把视野投向国外，关于法国和德国的政治和社会的评论对我们来说是这部书信集最有趣味的段落。他旅行，流连于意大利、瑞士、德国，起先出于了解这些国家的愿望，继而被连续不断的金钱问题所困滞留数月之久，抑或因缺钱无法继续旅行、还不起新债，抑或害怕返回俄国还不起旧债而重尝铁窗之苦……他四十九岁时写道："按我的健康状况，哪怕蹲六个月的监狱都忍受不了，尤其是我无法写作了。"

但在国外，他很快感到缺少俄罗斯的空气，缺少与俄国人民的接触；斯巴达、托莱德、威尼斯对他都不合适，无论在什么地方他都不适应气候，不感到开心。他给斯特拉克霍夫写道："唉！尼古拉·尼古拉耶维奇，生活在国外对我来说是多么难以忍受，一言难尽哪！"没有一封流亡信件不包含同样的抱怨："我必须去俄国，这里我腻得慌……"仿佛他能在那边就地吸取其作品的秘密食粮，仿佛一旦被迫离开自己的土地便缺乏活力："我没有写作欲望，尼古拉·尼古拉耶维奇，要么下笔艰难。我不明白这意味着什么，心想肯定是我需要俄罗斯。必须不惜任何代价回去。"别处写道："我需要俄罗斯，为了我的工作，为了我的作品……无论我们生活在什么地方，或德累斯顿或别处都无关紧要，一旦脱离祖国，到处都是异乡他国，这种感觉太清晰了。"他还写道："您要是知道我感到多么一无所用多么渺不相关就好了！……我变得糊涂和迟钝，失去了俄罗斯习性。这里没有俄罗斯气氛，没有俄罗斯百姓。总而言之，我压根儿不理解俄国移民，他们都是疯子。"

然而，他在日内瓦、在沃韦写下了《白痴》《永久的丈夫》《群魔》，而自认不算稀奇："您对我这里的工作真是过奖了，其实我很落后，并非落后于世纪，而是对祖国所发生的事了解不及时（当然比您更了解一些，因为每天我从头到尾读三份报纸，还订两份杂志），但快不熟悉人生鲜活的过程了。并非不熟悉人生的观念，而是不熟悉人生的本质了，但，熟悉人生的本质对文艺工作是多么重要啊！"

因此，"世界情谊"伴随着强烈的民族主义，变得更加坚定：民族主义对陀思妥耶夫斯基的思想是不可缺少的补充。他不知疲倦地声讨当时那边称之为"进步分子"的人们，"那帮政客等待着俄罗斯文化的进步，但并非民族宝库有机发展的进步，而是加速吸收西方教育的进步"。"法国人首先是法国人，英国人首先是英国人，他们的最高目的是保持他们自己。这是他们力量之所在。"他站出来反对"那些使俄国人背井离乡的人"，提醒大学生"不要脱离社会、摈弃社会，不要远离人民，跑到国外某个地方，躲进欧洲主义里，即从未存在过的世人的绝对境界，进而自绝于人民，蔑视人民，轻视人民。"这种提醒比巴雷斯[1]早得多。正如巴雷斯有关"不健康的康德主义"所说，陀思妥耶夫斯基在自己领导的杂志[2]序言中写道："不管从外国引进的思想多么丰富，要想在我国扎根，适应环境，为我所用，只能在下列条件才行：我们的民族生活不受任何外来启示和推动，在实践中自然而然地产生这种思想，出于民族生活的急需，出于大家实际上公认的需求。世界上任何民族任何稳定的社会都不是建立在从外国进口的预订纲领之上的……"我不知道在巴雷斯的作品中有比此更鲜明更急切的宣言。

1　巴雷斯（Maurice Barrès，1862—1923），法国小说家、散文家。青年时代发表了《自我崇拜》三部曲（1888—1891），认为人能捉摸到的唯一现实是自我，所以主张加强自我修养，建立自我崇拜；中年时代则从自我中心思想转到民族主义，发表了《民族精力的小说》三部曲（1897—1903），是 20 世纪初民族主义势力的代表人物。

2　系指《时代》杂志序言，由皮延斯托克收入陀氏书信集的附录。原注。

与此相近的另一面在巴雷斯作品中却是找不到的，为此我感到遗憾，脱离本土一段时间以便无成见地自审，这种能力标志着非常坚强的个性，同时，善意地审视外国人的能力则是一种伟大而高贵的天性。况且，陀思妥耶夫斯基似乎不曾预见我们会是盲人瞎马，下列说法以资为证："无法让法国人醒悟，无法阻止法国人自以为老子天下第一。再说，法国人很少了解世界……更有甚者，法国人根本不想了解世界。这是全民族共同的特点，非常典型的特点。"[1]

陀思妥耶夫斯基与巴雷斯相比最明显最幸运之处在于他的个体主义，而与尼采比较，我们发现他是个了不起的典范：不自负不自满，有时则相信自我的价值。他写道："这个世界上最最困难的是保持自我。"还说："不应该为任何目的糟蹋自己的生命。"因为在他看来，没有爱国主义、没有个体主义，就根本不可能为人类服务。如果上述宣言曾打动过一些巴雷斯主义者，那么下面引述的宣言是否会

---

[1] 引自巴雷斯《民族精力的小说》三部曲的第一部《无根的人》：七个洛林年轻人受哲学老师的怂恿，背井离乡，浪迹巴黎。他们虽然从哲学老师那里学到批判能力，却没有打下坚实的思想基础。一旦脱离，便束手无策。为此，其中两人流落街头，沦为罪犯；一人变成书呆子；一人无奈重返家园。作者认为这些青年人应该落地生根，才有生存发展的可能，才是爱国主义的根本。

激起巴雷斯主义者的反感呢？

"新一代人类的美学思想被搅得混乱不堪。社会的道德基础一旦陷入实证主义，不仅得不出结果，而且无法给自己下定义，其想望和理想越来越糊涂。是否事实还太少，不足以证明社会不能如此建立？这样的道路不能引向幸福？而且幸福不会来自迄今人们所想象的地方？但又来自何方呢？世人写了那么多书，却不得要领：西方人失去了基督……西方的沉落，正出于这个原因，仅仅出于这个原因。"读了这些话，法国天主教徒谁不拍手称快，如果不碰到下列插入句："西方人失去了基督，错在天主教教义。"陀思妥耶夫斯基徒然企图"向世界揭示一个不为人知的俄罗斯基督，其本原包括在东正教教义中"——法国天主教徒根据自己的正统教义对此充耳不闻。至少在今天看来，陀思妥耶夫斯基接下来的话等于白说了："我认为，我们未来文明威力的本原就在于此，复兴整个欧洲的原则也在于此，我们未来力量的全部本质更在于此。"

同样，如果德·沃居埃先生从陀思妥耶夫斯基那里看出其人"激烈反对思考，反对生活的丰沛"，说他"圣化白痴、中立者、懒汉"等，那么我们从别处，即皮延斯托克未收入书信集的一封给他兄弟的信中读到："这是些所谓头脑简单的人。但一个头脑简单的人比一个头脑复杂的人要危险得多。"有个姑娘想"成为有用的人",向陀思妥耶夫斯基表达了想做护士或助产士的意愿,他回信道:"……经常关注自己的文化修养,就是致力于一项百倍有用的活动。"接下来写道:"先关心您自己的高等教育不是更好吗?……我们的大部分专家都是些学识浅薄之辈……我们的大部分男女大学生完全没有任何学识。他们能为人类做什么哟!"诚然,我并不需要这番话语也懂得德·沃居埃先生错了,不过我们都可能出差错,故以资为证。

陀思妥耶夫斯基不轻易表态赞成或反对社会主义。虽然霍夫曼夫人有资格说:"从最为人道的意义上讲,陀思妥耶夫斯基是社会主义者,始终不渝的社会主义者。"但我们却在书信集中读到:"社会主义已经侵蚀欧洲,倘若听之任之,它将摧毁一切。"

陀思妥耶夫斯基虽是保守的,但非传统主义分子;虽是沙皇制度的拥护者,但又是民主派;虽是基督徒,却不是罗马天主教徒;虽是拥护自由的,但非"进步人士",他始终叫人不知道拿他怎么办才好。在他身上找得到惹怒各种党派的东西,因为他从不相信除了承担自己的角色还有过剩的智力,或为了一时的目的有权倾向一方一派,有权使这类微妙至极的乐器走调。他写道："所有可能的倾向（强调处是作者原有的）频频向我表示欢迎（1876年4月9日），关于这些倾向，我很想写篇文章谈谈因纷至沓来的信件所引起的印象……但经过思考，我突然发现这篇文章不可能写得十分真诚。缺乏真诚，写它干什么？"他想说什么呢？无非是说，写这类应景文章，要博得各方喜欢才可成功，那他就不得不勉为其难，迫使自己的思想极度简单化，不管其情理，把自己的信念抛到九霄云外。而他不会同意这样做的。

陀氏的个体主义并非无情，而且与朴素真诚的思想浑然一体，他只在确保其丰富复杂、总体性的情况下才推出这种思想。所以，他的思想在我们当中未获成功，并没有什么更重大更隐秘的原因。

我不想暗示伟大的信念一般总带几分推理上的不诚实，而信念往往不需要头脑。不过，巴雷斯先生仍然有足够的头脑，很快就会明白一种思想不是面面俱到加以公正地阐明才不胫而走、风行天下，而是只通过一个侧面就可加以坚决推广。

为了使一种想法获得成功，必须单单提出这种想法，换句话说，为了成功，必须只提出一种想法。找到一个好方法还不够，关键在于抓住不放。公众看到每个名字都想知道是怎么回事，容忍不了费脑子的东西。听到称呼巴斯德，便立刻想起：哦，狂犬病。尼采？超人。居里？镭。巴雷斯？土地与幽灵。坎通[1]？血浆。正如平常所说，一提到博尼比斯[2]就想起他的芥末，而帕芒蒂埃[3]，如果他只"发明"马铃薯，单单靠这项蔬菜，他的知名度就超过他对我们整个菜园种植的功劳。

当德·沃居埃别出心裁地称道"忍痛的宗教"，从而把《罪与罚》最后几章所包含的学说概括成一道口头禅似的轻便公式，陀思妥耶夫斯基差点儿饮誉法国。我不怀疑这道公式寓于作品之中，提炼得恰到好处……但不幸的是，没有包含其人，而其人超出一切限界，无处不在。因为陀思妥耶夫斯基属于这样一类人，对他们说来，"唯一必要的事是认识上帝"，至少很想把这种对上帝的认识贯穿到他的作品中，散播在他复杂而焦虑的人道感受里。

易卜生也不容易概括，也是这样一类作家，他们的作品多为提出疑问而不是提供答案。《玩偶之家》和《人民公敌》这两个剧目相当成功，并非因为无比卓越，而是易卜

1　坎通（1867—1925），法国生理学家，在其力作《海水，有机界》（1904）中指出，血浆和海水相似，都是产生生命的有机界。他把海水消毒和淡化后，制成人造血浆，即当时有名的坎通血浆。
2　芥末生产商，其产品名就用本人姓氏，后来成为有名的芥末商标。
3　帕芒蒂埃（Parmentier，1737—1813），法国军医药剂师，曾发表分析马铃薯化学成分的论文（1773），从而推动马铃薯在法国大面积种植。

生搞了个似是而非的结尾。观众很不满意，因为作者未给出明显的结局，他们认为不明确是造孽，是思想懒惰，或信念薄弱。公众通常很少欣赏才气，他们衡量作者的信心光凭力度，光凭坚持不懈和千篇一律的确认。

我不打算再扩展已经很广的主题，今天不想明确阐述陀思妥耶夫斯基的学说，只想指出他的学说在西方学人眼里所包含的矛盾，而西方学者对这种调和两个极端的愿望通常不大适应。陀思妥耶夫斯基却深信民族主义和欧洲主义之间以及个体主义和忘我精神之间的矛盾，仅仅是表面的。他认为，为理解这个根本问题的某一面，各对立的派系与真理都离得一样远。请允许我再引一段陀思妥耶夫斯基的话，大概比一段评论更能阐明他的立场："非得泯灭个性才能得到幸福吗？灵魂得救寓于自我消失之中吗？我说，正好相反，不仅不应该自我消失，还应该加强个性，甚至加强到西方达不到的高度。请明白我的意思：自愿的牺牲，完全有意识和不受任何约束的牺牲，为大家的利益所做的自我牺牲，在我看来，标志着最高发展的个性，最优越的个性，最完美的自我把握，最自由的主宰……高度发展的个性是完全相信有权威成为个性的，不再为自身担心，不可能朝三暮四——就是说不可能为任何其他人支使，而只可能为他人牺牲，为的是使所有其他人都完全形成自我主宰的和百事顺利的个性。"我摘自《论资产阶级》一书中《国外旅行》一章，皮延斯托克先生把它附在该《书信集》译本中发表，做得很对。

这个答案吸取了基督的教诲。基督说："因为凡要救自己生命的，必丧掉生命；凡为我丧掉生命的，必得着生命。"（《圣经·马太福音》16:25）

1871 至 1872 年冬，五十岁的陀思妥耶夫斯基回到彼得堡，他给雅诺夫斯基写道："应当承认老了，但不去想它，还想重新创作哩（他当时正准备《卡拉马佐夫兄弟》），打算发表些东西，以便皆大欢喜，信受奉行。对生活还处在翘企之际便可能一切如愿以偿了。我指的是我自己，嗨，我非常幸福。"这种幸福，这种超越痛苦的喜悦潜伏于陀思妥耶夫斯基的整个一生和全部作品，勃勃可感，就是尼采早已卓然预感的那种喜悦，也是我总括起来指责德·沃居埃先生视而不见的那种喜悦。

这个时期，陀氏书信的笔调突然改变了。老的通信者跟他一样住在彼得堡，他不再给他们写信，只给陌生人和偶然的通信者，因为他们有求于他，以便得到感化、安慰和指引。几乎所有的信件都值得引述，不如请大家自己去看书吧。我写这篇文章就是为引导读者去看这本书。

陀思妥耶夫斯基终于摆脱了金钱的困扰，暮年重整旗鼓，领导《文人报》，但该报时出时停。1880年11月，即他逝世前三个月，他向大名鼎鼎的阿克萨科夫写道："我承认，作为朋友向您承认，我有意明年出版《文人报》后，经常跪着久久祈祷上帝，愿上帝赐予我一颗纯洁的心灵，赐给我纯正完美的语言，无邪无欲的语言，不惹众怒的语言。"

这份《文人报》在德·沃居埃先生眼里，只是"暧昧不明的颂歌，缺乏分析和辩论，不登大雅之堂"，幸亏俄国人民另眼相看。陀思妥耶夫斯基终于感到，各种思想可以不经横蛮统一而达到一致，这一梦想围绕着他的著作差不多已经实现了。

他逝世的噩耗使各种思想的交融鲜明地显示出来。如果起初"捣乱分子企图抢夺陀氏的尸体"，那么很快人们看到，"帝国各种政党各路敌手各类支离破碎的旗号统统被这个死者狂热地会聚在一起了，俄罗斯一旦为一种民族思想所激励，便拥有突如其来的融合的秘诀"。这段文字出自德·沃居埃先生之手，我在对他的论著表示种种保留之后，很高兴引用这些高雅的话。此公后面还写道："正如人们常说，老沙皇们不断'归并'俄罗斯的土地，这位精神之王则归拢了俄罗斯的人心。"

目前陀思妥耶夫斯基精神正在欧洲归化着各种有生力量，缓慢地推进，几乎神秘地推进，尤其在德国，陀氏著作的出版日益增多；在法国，新成长的一代比德·沃居埃一代更好地确认和欣赏陀思妥耶夫斯基的美德。推迟他成功的隐秘因素，将成为持久地确保他成功的隐秘因素。

《卡拉马佐夫兄弟》[1]

尼采曾说过:"唯有陀思妥耶夫斯基教我学到了一点心理学。"陀思妥耶夫斯基在我们当中的境遇是十分奇特的。大约二十年前,把俄国文学介绍给法国的德·沃居埃先生似乎被这个巨大的怪物吓慌了。为自我辩解,他彬彬有礼地敬告第一批读者,说他们会感到莫名其妙的。多亏了他,我们喜欢上屠格涅夫,信心十足地赞赏普希金和果戈理,并开始笃信托尔斯泰,但是陀思妥耶夫斯基……实在太俄罗斯了。德·沃居埃先生警告有危险。他至多同意引导首批好奇的读者阅览他认为最易理解的两三部作品,其才气不必费读者的脑筋便看得出来。不过,经他这么一来,唉!他便排除了最有意义的作品,也许最难读,但我们今天敢说是最完美的作品。某些人认为这种审慎是必要的,

---

1 写在雅克·科波和克鲁埃根据陀思妥耶夫斯基同名小说改编的剧本上演之前。

也许正如有必要让公众先熟悉《田园交响曲》，慢慢习惯之后再提供《合唱交响曲》[1]。如果当年把最初好奇的读者滞留和限止在《穷人》《死屋手记》和《罪与罚》是合适的话，那么今天该让他们面对伟大的作品了：《白痴》《群魔》，尤其《卡拉马佐夫兄弟》。

小说《卡拉马佐夫兄弟》是陀思妥耶夫斯基最后的作品，本该是个系列作品的第一部。陀氏当时五十九岁，他写道：

"我经常痛苦地发现，我连二十分之一想表达，甚至也许能够表达的东西，都没有表达出来。拯救我的，是锲而不舍的希望，但愿上帝总有一天赐予我力量和灵感，让我更完整地表达，总之，让我表述我的全部心迹和想象。"

他属于那种罕有的天才，奋进不息，作品不断，直到死神突然把他断送。暮年老当益壮，没有丝毫的衰退，不像伦勃朗或贝多芬晚年思维确实恶化了，强烈恶化了：我老爱把陀氏与他们相比较。

对己没有一丝一毫的宽容，从不自满，严格要求自己到了强己所难的地步，但对自己的价值却心明眼亮；着手创作《卡拉马佐夫兄弟》时，他心里暗自高兴，预感到终于抓

1　系指贝多芬《第六交响曲》（1807—1808）和《第九交响曲》（1824）。

住了力所能及的主题，抓住了与其天才相匹配的主题。他写道："我很少有过比此更新鲜更完整更独创的东西要说了。"

这本书成了托尔斯泰临终前的床头书。

我们最初的译者被这部无与伦比的书吓坏了，出了一本删得支离破碎的译著。借口外观上的统一，随处把整章整节的文字删掉，而把删掉的章节补充出版了一卷，题为《早熟的人》。出于谨慎，把卡拉马佐夫的名字改成切斯托马佐夫，以致把读者彻底弄糊涂了。那个译本就其译出的部分来看全都译得很好，现在我还觉得比后来的译本好。也许有些人根据出书的年代会认为当时读者尚不成熟，难以承受一部如此丰满的杰作全文译出。我只不过责怪那个本子未标明节译。

四年前，皮延斯托克和托凯两位先生发表了新译本。这部译著的一大好处是全书字体紧密排成一册，经济实惠。我想说，该译本把首译者删去的部分按原来位置恢复了，但全盘加以浓缩，我甚至想说，每章都凝结了：他们把会话中病态的结巴和震颤统统取消，跳掉句子的三分之一，常常是整段整段跳掉，而且往往是最意味深长的。其结果光秃，生硬，明暗不分，就像锌版雕刻，或者说得更巧妙些，就像用单线条临摹伦勃朗深深的肖像画。尽管有那么多不足之处，这本书仍可贵得令人赞赏！这本书耐心等到了出头之日，正如司汤达的书一本本时来运转。陀氏这本书走红的时刻终于来到了。

在德国，陀氏作品的译著接连不断，一部比一部精当和严谨。不近人情和不易激动的英国正考虑迎头赶上。今年3月23日《新时代》上阿诺德·贝内特预告了康斯坦丝·加内特夫人的译著，[1] 希望英国所有中长篇小说家能够学习"前无古人、最富有想象力的作品"，谈到《卡拉马佐夫兄弟》时还特别指出："嘿，激情达到最高的强度。该书向我们描绘了一打绝对高大的人物形象。"

谁说得清楚这些"高大的人物形象"在俄国本土是否也像对我们这般直接诉诸俄国人？是否在今天以前他们的声音也能显得如此紧促？伊凡、德米特里、阿辽沙三兄弟虽天差地别，但血缘亲属关系紧密相连，他们的仆从兼同父异母兄弟斯麦尔佳科夫可怜又可鄙的身影紧随着他们，使他们惴惴不安。知识分子伊凡，感情狂热的德米特里，信仰狂热的阿辽沙，他们三人好像共同分享着老父亲厚颜背弃的精神世界。我知道他们已经对许多年轻人产生了很不得体的影响。他们的声音对我们来说已经不陌生了。我的意思是什么呢？就是说，他们三兄弟的对话在我们自身

1　阿诺德·贝内特（Arnold Bennett, 1867—1931），英国作家、新闻记者和小说家；康斯坦丝·加内特夫人，英国翻译陀氏著作的译者之一。

都听得到了。然而，这部作品的结构没有任何不合时宜的象征表示。我们知道，洞察入微的心理学家企图廓清的一则平庸的社会杂闻或一起不明不白的"诉讼"都可供该书借用。没有比这些意味深长的人物形象更为实情实在了，他们一刻不离急迫的现实。

今天的问题在于把他们搬上舞台：不是所有的想象作品或所有的历史人物都值得搬上舞台；重要的是要知道我们是否通过演员协调过的声调认得出他们困惑的声音。

问题还在于改编者是否善于向我们描述符合这些人物冲突的必要事件而不过分歪曲。我想改编者是极其聪明的，能干的，我肯定他懂得为了满足舞台的需要，靠平常那种三下五除二的剪辑法是不够的；靠生吞活剥搬用小说最突出的章节也是不够的，而应该追本溯源，重新布局，归纳概括，把素材以不同的配景加以安排。

最终的问题在于对这部作品缺乏深入了解的观众，是否愿意以足够的热忱去看待这些人物形象。大概这类观众还不至于像俄国知识分子那般"离奇地自负和惊人地无知"，陀氏对此一直深抱遗憾。否则，他就希望让他们在否定的道路上止步，或至少让他们思考思考，让他们提出疑问。

我写这篇东西仅为此而已，别无他图。

在老鸽舍剧院宣读的演讲稿 [1]

几年前赞赏陀思妥耶夫斯基的人还不大多，但一如既往，每当首批仰慕者被从精英中吸收时，他们的人数就会越来越多。今天老鸽舍剧场就显得太小，容纳不下他们了。我想首先探讨一下怎么会有一些人仍对陀思妥耶夫斯基了不起的著作无动于衷：为了战胜不理解，最好的办法是把它当作真诚的，并且设法理解它。

我想，一般人凭我们西方逻辑责难陀思妥耶夫斯基的，主要是说他笔下的人物不合情理，优柔寡断，常常几乎没有责任感；人物形象全是怪模怪样的，疯疯癫癫的；再现的不是真实的生活，而是噩梦。这种说法，我认为是完全

1　老鸽舍剧院位于巴黎市第六区老鸽舍街 21 号。前文提到的雅克·科波（Jacques Copeau, 1879—1949）1913 年创办了老鸽舍剧团，曾上演他亲自根据陀氏同名小说改编的《卡拉马佐夫兄弟》，盛况空前。此文为纪念陀思妥耶夫斯基一百周年诞辰而作。

错误的，但暂且接受下来，而且不要满足于引用弗洛伊德，回答说我们梦中的真诚多于生活行为中的真诚。还是听听陀思妥耶夫斯基本人对梦的论述吧："我们的梦充满了荒诞不经的事情和明显办不到的事情，但在梦中您却认可，几乎不感到惊奇，况且另一方面，您的智力异乎寻常得以发挥。当您醒来，回到现实世界，为什么您差不多总觉得乃至有时非常鲜明地觉得，梦离您而去时带走了未被您猜透的谜？梦的荒唐使您哑然失笑，但同时您觉得这一连串的荒谬包含着一种想法，一种真实的想法，确实存在的想法，并且一直存在于您的心目中，您好像从梦中得到您等待已久的预卜……"（《白痴》第二卷第 185 页）

我们不妨把陀思妥耶夫斯基对梦的这个看法，应用到他自己的作品上去，并非我想把陀氏的叙事与某些梦中的荒唐事等同起来，根本没那回事儿；而是因为我们读完他的书也有如梦初醒的感觉：虽然我们的理智拒绝完全认同，我们却感到作者触及某个"属于我们真实生活"的隐秘处。我认为从这里着手便可解释为何某些知识精英以西方文化的名义把陀思妥耶夫斯基的天才摈诸门外，因为我很快注意到，在我们的全部西方文学，不仅仅法国文学，如小说，除极罕见的例外，只涉及人与人之间的交往、情感或精神的联系、家庭关系、各社会阶级的关系，但从不涉及，几乎从不涉及个体与自身或与上帝的关系；而在陀思妥耶夫斯基的作品里，这种关系是优先于任何其他关系的。弄清楚我要说的意思，我想，最好的莫过于霍夫曼夫人在其陀思妥耶夫斯基传记（该传记据我所知是最最好的，但可惜没有翻译过来）中所援引的一个俄国人的话，她断言这句话能使我们感受到俄罗斯生灵的一个特点。这个俄国人听说别人批评他不守时，非常严肃地反驳道："确实，生活多么艰难哪！有些时刻需要好好过呀，这比约会迟到不迟到重要得多。"这句话说明私生活比人际关系更为重要。你们不想一想，这正是陀思妥耶夫斯基的秘密，使他在一些人看来显得如此伟大如此重要，同时在其他许多人看来则显得令人难以容忍。

我绝不武断说，西方人，法国人，完全只是衣冠楚楚的社会生物：帕斯卡尔的《思想录》摆着呢，还有《恶之花》，这些书严肃正经而孤立无傍，毕竟跟我们任何其他的书一样属于法兰西文学。一定范畴的问题——焦虑、激情、关系，似乎可以留给伦理学家、神学家、诗人，而小说则不需要这些东西来充塞。巴尔扎克所有的书中，《路易·朗贝尔》[1]大概是最不成功的，怎么说也只不过是个独角戏。陀思妥耶夫斯基所实现的奇迹，是把每个人物塑造成一个族，首先每个人物根据自身的本质存在着，同时又是内在的人，坚守自己特殊的秘密，但呈现在我们面前时则纷繁复杂，问题多多；奇迹还在于诸多的问题活生生缠着每个人物，我该说，缠磨着每个人物，在我们面前相撞相斗相通，直至把每个人物弄得死去活来，或一命呜呼。

没有比陀思妥耶夫斯基涉及的问题更崇高的了。但说了此话，我必须立刻加以补充：他从不空谈这些问题，他的思想从来只依据个体而存在，这就使他的思想具有永久的相对性，因此具有威力。开始某某人只因明白，不出几日抑或几小时就会死亡，才领悟上帝、神明和永生，如《白痴》中的希波利特。继而某某人，如在《群魔》中，根据其自杀建立了一整套形而上的说教，已经显露尼采的苗子，说什么再有一刻钟此人应该自杀了：听其言，我们不清楚他是否因为应该自杀才如此思想，抑或因为如此思想才应该自杀。终而某某人，如梅什金，只在癫痫病快发作

---

1 《路易·朗贝尔》(1832)属巴尔扎克《人间喜剧》的"哲学研究"。纪德认为这部小说体著作不成功，恐怕指巴尔扎克把应该留给伦理学家、神学家、诗人管的东西引进自己的小说，不伦不类，难以引起读者共鸣。朗贝尔在精神领域探求"绝对"时过于死钻通灵论，以致心力交瘁，走向疯狂。

时才产生最异乎寻常最神奇绝妙的直觉。讲完这个意见，我目前只想得出下列一点结论：陀思妥耶夫斯基的小说是最饱含思想的小说——我正要说最饱含思想的书，同时从不抽象，但也是我读过的最富有活力最令人激动的小说。

因此，陀思妥耶夫斯基的人物尽管很有代表性，却可以说从不脱离人性，从不象征化，绝不再是我们经典戏剧的那种类型人物；他们是些个体，跟狄更斯最特殊的人物一样特殊，跟任何文学的任何人物描绘得一样有力。听听下面这段话：

"对有些人，一开始介绍他们最明显的面貌特征时很难说得清楚，就是人们通常称为'普通的'人，或'群众'，而他们实际上组成了人类的绝大多数。我们的故事中好几个人物就属于这一类人，尤其是加布里埃尔·阿达利奥诺维奇。"

这正是一个特别难以描绘其特征的人物。看看作者怎么描述：

"几乎从少年开始，加布里埃尔·阿达利奥诺维奇一直受自己的平庸感所困扰，同时有种难以抑制的渴望：让自己相信自己是尤物。他饱含激烈的欲望，可以说是天生的火暴性子；他相信自己的欲望强而有力，因为狂热冲动呗。他急不可耐地想出人头地，有时促使他心血来潮，不顾一切，但

总在最后一刻我们的英雄变得过分合乎情理，结果不了了之。这真使他受不了。"（《白痴》第二卷，第193—194页）

这是最平凡的一个人物写照。应该补充说一下，其他人物，如首要人物，可以说，作者不直接描绘他们，而让他们自行呈现一幅幅画像，而且随着故事的进展，不断变化，成为永不完成的肖像。他笔下的主要人物总是处在形成之中，始终难以从阴影中脱颖而出。顺便说一句，陀思妥耶夫斯基在这一点上与巴尔扎克太不相同了，巴氏的主要考虑好像总要归于人物的完整结局。在构思上，巴尔扎克像大卫[1]，而陀思妥耶夫斯基则像伦勃朗，其人物形象具有极大的艺术感染力，通常是完美无缺的，似乎在他们的后面和在他们的周围再也勾勒点染不出如此深刻的思想了，我确信陀思妥耶夫斯基还会是最伟大的小说家。

1　大卫（Jacques-Louis David, 1748—1825），法国古典主义画家。早期作品以历史英雄人物为主题，1793年完成名作《马拉之死》。拿破仑称帝后，成为皇家宫廷画家，以《加冕式》等作品歌颂拿破仑。他画风严谨，技法工整，精深宏博，气魄不凡。

辑二　　在老鸽舍剧院的系列演讲[1]

1　在《周刊》杂志上发表时加有按语：我不认为应该重写这些演讲。本文根据速记而成，只在几处稍作润色。我担心重新整理会使格调变得不自然。原注。

第一讲

　　战前某个时候，我准备为《夏尔·贝玑手册》[1]写一部《陀思妥耶夫斯基传》，仿效罗曼·罗兰精彩的专题论著《贝多芬传》和《米开朗琪罗传》。战争来临了，我不得不把有关这个专题的心得笔记搁置一边。很长时间，我关心和注视其他事情去了，几乎抛弃了原来的计划，直到最近，为庆祝陀思妥耶夫斯基诞辰一百周年，雅克·科波要求我在老鸽舍剧院举行的纪念大会上发言，我这才把一札手记找了出来。隔了这么长时间重新读起来，似乎觉得记录下来的思想值得我们牢记，但叙述起来，按传记所要求的时间顺序恐怕不是最佳的。陀思妥耶夫斯基在每本重要的书中把这些思想像粗辫子似的编织在一起，经常为剪不断理

1　夏尔·贝玑（Charles Peguy，1873—1914），法国诗人、政论家，曾在德雷福斯案中为德雷福斯辩护。1900 年创办《夏尔·贝玑手册》双周刊。其作品多以宗教为题材。1900 年出版《我的祖国》一书，宣扬沙文主义。

还乱而苦恼，但从一本书到另一本书我们却重新找得到。正是这些贯穿始终的思想对我具有重要性，况且我把它们看作我自己的思想。假若我一本接一本叙述，那就难免重叠啰唆，最好采取别的办法；假若我按图索骥，就得千方百计把这些思想从一本本书中抽出来，自己先弄懂，旋即向你们叙述，尽可能把显而易见的含混弄清楚。心理学家的思想、社会学家的思想、道德学家的思想，陀思妥耶夫斯基兼而有之，但他首先是个小说家。正是这些思想将作为我们谈论的话题。然而，在陀思妥耶夫斯基的著作里，思想从不赤裸裸地表现出来，总是通过种种人物来表达，从而恰好证实其混杂性和相对性。再者，由于我本人也想避免抽象而尽可能使陀氏的思想鲜明突出，所以我打算向你们先介绍陀思妥耶夫斯基其人，讲他一生中几个揭示其个性的事件，便可一睹他的风貌。

我战前所准备的陀氏传记，本打算在前面加个导言，想先探讨一下通常人们对伟人的看法。为了阐明观点，本想把陀思妥耶夫斯基与卢梭比较一番，这种比较不会是任意的，因为他们俩的生性确有极大的相似之处，卢梭的《忏悔录》必定对陀思妥耶夫斯基产生过特殊的影响。不过我觉得卢梭从小就受到普鲁塔克[1]的毒害。卢梭受其影响，以为伟人都有点夸多斗靡，爱出风头。于是他在自己面前树起了虚构的英雄塑像，并一生仿效。他努力做到表里如一。我同意说他给自己创造的形象是真诚的，考虑到他的形态，这是傲慢使然。拉布吕耶尔[2]说得妙：

"虚假的伟大是咄咄逼人的，高不可攀的，由于心虚，故深藏不露，至少不抛头露面，只在必须使人肃然时才露一下尊容，但绝不露其真相，我想说，其真相就是不折不扣的渺小。"

如果说我引这段话并非暗指卢梭，那我读到下面一段话时则想到陀思妥耶夫斯基：

"真实的伟大是不拘形式的，和善亲切的，平易通俗的，让人摸得着搬得动，不怕别人近瞧细看，叫人越熟悉越喜爱。对下属躬身布恩，而后自然而然恢复原状，有时则任其自流，不修边幅，不在乎自己的优点长处，但随时可以发挥自己所长……"

---

1 普鲁塔克（Plutarchus，约46—120），古希腊传记作家，散文家。代表作有《希腊罗马名人列传》，共五十篇，其中希腊名人传和罗马名人传各二十三篇，彼此对照，成为欧洲传记文学的先驱；此外还有关于教育、道德、宗教等散文六十余篇也颇具文学史料价值。法国名家蒙田、孟德斯鸠、卢梭、拿破仑均受其影响。

2 拉布吕耶尔（La Bruyère，1645—1696），法国作家。其力作《品格论》共十六章，道尽人性与世态，是影响甚大的散文名著。

的确，陀思妥耶夫斯基不摆架子，从不演戏似的装腔作势。他向来不把自己看作超人，没有比他更合乎谦恭的人情了。我甚至认为没有一个骄傲的人能够理解他。

　　"谦恭"这个词在他的《书信集》乃至作品中不断出现：

　　"他们为什么要拒绝我呢？我又不强求，而是谦恭地请求哇。"（见1869年11月23日的信）

　　"我不强求，只谦恭地要求。"（见1869年12月7日的信）

　　"我提出了最谦恭的要求。"（见1870年2月12日的信）

　　"我常常对他身上的某种谦恭感到惊异。"《少年》的主人公谈起父亲时说道。他力图弄明白父亲和母亲之间可能发生的关系，以及他们爱情的性质，他记得父亲的一句话："她出于谦恭嫁给了我。"（《少年》第3页）

　　最近我读亨利·波尔多（Henry Bordeaux）的一篇答记者问，对其中一句话颇为惊愕，他说："首先应当努力认识自己。"这篇访问记简直莫名其妙。诚然，寻找自我的文学家会冒很大的风险。他冒找到自己的风险，从此只写得出冷冰冰的作品，坚定不移地符合他自己。他模仿他自己。他之所以熟悉自己的轮廓、自己的界限，是因为不敢越出雷池一步。他不再害怕不真诚，但害怕前后不一致，而真正的艺术家在创作时对自己的意识总是半清醒半糊涂的，这样的艺术家不大清楚自己是谁，只通过其作品、运用其作品、完成其作品才认识自己……陀思妥耶夫斯基从未寻找过自己，他不顾一切地投入书中的每个人物，所以在每个人物身上找得到他。我们一会儿将发现，他以自己名义说话时是非常笨嘴拙舌的；与此相反，当他的思想通过他笔下的人物表达时，就娓娓动听了。他把自己的生命注入书中人物时才自得其所。每个人物身上都有他的存在，这种忘我地投入各种不同的人物，首先起到了保护他的自相矛盾的效果。

我不知道还有什么作家比陀思妥耶夫斯基更加自相矛盾、更加前后不一了，用尼采的话来说，这叫前后"对立"。倘若他是哲学家而不是小说家，他一定试图按部就班把自己的思想理顺，但其精华也就失去了。

陀思妥耶夫斯基的生活事件，不管是怎样悲剧性的，依然是表面的事件。使他震撼的激情似乎深深使他心慌意乱，但更深处还有一个区域，是事件乃至激情触及不了的。关于这一点，有一小段话将给我们启示，如果把另一篇文字与之比较的话。他在《死屋手记》中写道：

"对生活没有一个人不抱某种目的，没有一个人不为达此目的而努力。一旦目的和希望消失了，焦虑常常把人变成鬼……"

其时，他心中对这种目的好像还不甚了了，因为旋即加添道："我们大家的目的，是自由，是走出牢房。"（《死屋手记》第 303 页）

此话写于 1861 年，是他当时对目的之含义所做的理解。诚然，他身陷图圄，痛苦难熬，在西伯利亚坐牢四年，苦役六年，吃尽苦头。然而一旦重获自由，他便意识到真正的目的、真正希望的自由，是更为深刻的东西，跟从监狱释放不相干。1877 年他写下的妙语，我很乐意拿来与刚才引述的话相比较："不应该为任何目的糟蹋自己的生命。"（《书信集》第 449 页）

因此，在陀思妥耶夫斯基看来，我们有一个高超而隐秘的生活依据，常常对我们本人也是隐秘的，截然不同于我们当中大多数人对其生活所规定的外在目的。

让我们首先想象一下费奥多尔·米哈伊洛维奇·陀思妥耶夫斯基其人。他的朋友里埃森康普夫 1841 年描绘他二十岁时的面貌，是这样写的：

"脸庞圆圆的、饱满的，鼻子有点翘起，头发淡褐色，剪成短式。一个大前额，在稀疏的眉毛下，小小的灰眼睛陷得很深。面颊苍白，遍布雀斑。肤色呈病态，几乎土灰的，嘴唇高高隆着。"

不时听说他是在西伯利亚得的癫痫病，其实在判刑前已经病了，在那边无非病得更厉害罢了。"肤色呈病态"，是的，陀思妥耶夫斯基身体一直不健康。然而是他，病病歪歪的，弱不禁风的，被派去服兵役，而他健壮如牛的兄弟反倒免除兵役。

1841年，二十岁上，他当了士官，准备通过考试于1843年获得上等军官的官衔。我们知道他的薪水是三千卢布。尽管他在父亲死后得到了遗产，但他过着十分放任的生活，再说他得负担弟弟，所以他不断背债。钱的问题反复出现在书信集的每一页上，比巴尔扎克遇到的问题还急迫得多，始终起着极其重要的作用，直到晚年。只在最后的岁月，他才真正走出困境。

陀思妥耶夫斯基起初挥霍无度，时常出入剧场、音乐会、芭蕾舞厅，生活无忧无虑。他会贸然租下一个套房，仅仅因为房东样子叫他喜欢。用人偷他，而他觉得好玩，听之任之。根据运气好坏，他的脾气会突然变化，反复无常。由于他生活不能自理，家人和朋友都希望他和好朋友里埃森康普夫一起居住，对他说："学一学里埃森康普夫那种日耳曼人有条有理的好榜样。"里埃森康普夫比陀思妥耶夫斯基年长几岁，是医生。1843年，他来到彼得堡定居。其时，陀思妥耶夫斯基已是一文不名，连牛奶面包都赊账。我们从里埃森康普夫的一封信中读到："费奥多尔属于这么一类人，生活上跟他们很好相处，但他们总处在贫困之中。"就这样他们搬到一起居住，但陀思妥耶夫斯基是个令人难以忍受的伙伴。里埃森康普夫让病人在候诊室等候，他却去接待他们。每当他觉得某个病人可怜，便用里埃森康普夫的钱救助，抑或他有钱时用自己的钱救助。某一天，陀思妥耶夫斯基收到莫斯科寄来的一千卢布，马上用这笔钱还债，然后当天晚上就把剩下的钱赌光了（听说赌台球）。翌日清晨他不得不向朋友借五个卢布。我忘记说了，陀思妥耶夫斯基凭一时的好感，把里埃森康普夫的病人引进自己的房间，此人偷了他最后剩下的五十卢布。里埃森康普夫和费奥多尔·米哈伊洛维奇于 1848 年 3 月分手，后者好像并未有多大好转。

1846 年陀思妥耶夫斯基出版了《穷人》。这本书立刻成功，轰动一时。他谈论此次成功的方式给人以启示。我们从他当时的一封信中读到：

"我完全晕头转向，不知所以，没来得及思考。人们给我创造了一种可疑的名誉，我不知道这苦海将持续多久。"（《书信集》第 94 页）

我只提及最重要的事件，跳过好几部次要著作的出版。

1849 年他随一群可疑分子一起被警察逮捕，即所谓彼得拉舍夫斯基阴谋事件。

很难说得清陀思妥耶夫斯基当时究竟持何种政治观点和社会观点。他跟可疑分子有着频繁的交往，大概应该从中看出，强烈的求知好奇心和某种心地仁慈促使他轻率冒险，但没有任何东西能让我们相信陀思妥耶夫斯基曾经是所谓的无政府主义者，所谓威胁国家安全的危险分子。

《书信集》和《作家日记》的许多段落向我们表明完全相反的观点，《群魔》全书呈现在我们面前就像是对无政府主义的控诉。不管怎么说他确是和聚集在彼得拉舍夫斯基周围的可疑分子一起被捕的。他被监禁，受到审判，听到宣告死刑。只在最后一刻才减刑，并放逐西伯利亚。这一切，你们都知道了。我想在《系列演讲》里只讲你们别处找不到的东西，但对你们当中不了解情况的人，我还要念他信中几段有关定罪和监狱生活的文字，我觉得非常能说明问题。通过他对自己焦虑的描绘，我们将发现，支撑他整个一生的乐观主义不断再现。下面是他 1849 年 7 月 18 日从要塞拘留所写的，其时他正等着审判：

"人身上储存着巨大的忍耐力和生命力，真的，我以前没想到会如此巨大。现在我亲身体验到了。"

然后 8 月份，尽管病魔缠身，他仍写道："气馁是一种罪孽……拼命工作，CON AMOUR[1]，是真正的幸福。"

1849 年 9 月他还写道："我所料想的要糟得多，现在清楚了，我身上蕴藏着大量的生命力，是难以耗尽的。"（《书信集》第 101 页）

12 月 22 日他写了封短信，我不妨几乎全文照读：

"今天 12 月 22 日，狱卒把我们押到萨米奥诺夫斯基广场，在那儿，向我们大家宣读了死刑令，让我们吻了吻十字架，在我们头顶上方折断利剑，给我们举行最后的打扮：换上白祷衣。然后把我们三人一组绑在处决柱上。我处在第六名，他们一次叫三名，所以我是第二批，只有几分钟可活了。我突然想起了你，兄弟，以及你们全家。最后的时刻，我的思想里只有你呀！我这才明白我是多么爱你，亲爱的兄弟！我还来得及亲吻在我旁边的普莱切埃夫和杜罗夫，并向他们道别。最后吹响了归营号，把绑在处决柱上的人撤了回来，向我们宣读了皇帝陛下赦免我们一死的诏书。"

我们将多次发现，陀思妥耶夫斯基的小说直接或间接暗示死刑和死囚最后的时刻。对此，我不多说了，点到为止。

出发去塞米巴拉金斯克前，人家给他半个小时跟兄弟

1　拉丁文，意为"全心全意"。

告别。据一位朋友说，兄弟俩反倒是他比较镇静，他对弟弟说："朋友，监狱里住的又不是野兽，都是人嘛，也许比我更好，也许比我优秀……是的，我们还会见面的，我希望如此，毫不怀疑。只是要给我写信，给我寄书，我很快写信告诉你哪些书，那边总可让人读书吧。"（《书信集》第101页）

记事者插道，这是出于好心的谎言，为了安慰兄弟。

"等我一出来，就开始写作。这几个月我大大地见了世面，从今往后的岁月，我还会见多么大的世面，经多么大的风雨哇！将来写作的素材多着呢！"

在西伯利亚的头四年，陀思妥耶夫斯基未能给家人写信，至少我们现有的《书信集》没有收那个时期的任何信件，奥雷斯·缪勒1883年的《文献资料》根本没提到任何一封信，《文献资料》发表后却有许多陀思妥耶夫斯基的信件公布于众，大概还有其他信件终将问世。

缪勒认为，陀思妥耶夫斯基1854年3月2日获释出狱，但根据官方文件，是1月23日。

有关档案提及费·米·陀思妥耶夫斯基自1854年3月16日至1856年9月11日给兄弟、亲戚和朋友共写了十九封信，那是他服刑期满后在塞米巴拉金斯克服兵役的岁月。皮延斯托克先生只译出十二封信，我不明白为什么不采纳1854年2月22日那封精彩的信，译文于1886年连载在

《潮流》第十二和十三期上，如今已绝版，但今年2月1日《新法兰西评论》重登了。正因为《书信集》未收这封信，请允许我给你们多读几段：

"我终于可以跟你长谈了，而且觉得比较安全了。首先，让我以上帝的名义问你为什么一行字都不给我写？我简直难以置信。多少次，在监狱里，在孤寂中，我真感到绝望，心想你或许不在人世了；整夜整夜惦记着你的孩子们的命运，为不能帮助他们而诅咒自己的命运。"

这么说，他最感痛苦的，也许不是觉得被抛弃，而是觉得不能助人。

"如何向你解释我脑子里的一切呢？让你理解我的生活，让你懂得我确立的信念，让你明白我这段时间所干的事情，那是不可能的。凡事我不喜欢半途而废：真情实况只说一半等于什么也没说。现在至少拣主要的说吧，如你善于领会，便能懂得全貌。我欠下这篇文债，还是从头开始回忆吧。

"你一定记得我们是怎样分手的吧，亲爱的，我的朋友，我的至交，你一离开我，人家就把我们三人，杜罗夫、雅茨津布斯基和我，带去戴上铁链。其时子夜，正是圣诞节高潮，正是在这样的时刻我第一次手脚被铐住，足有十斤重，走路很不方便。然后把我们推上敞篷雪橇，每人由一名警察押着，总共四辆雪橇，遣送队长自个儿单独乘一辆，就这样我们离开了彼得堡。

"我心里难过极了，思绪纷繁，愁情万千。我觉得自己卷进了旋涡，垂头丧气，忧伤不堪。但，新鲜的空气使我振奋起来。一如既往，每当我的生活遇到转折，强烈的印象本身使我鼓起勇气，在很短时间内我便恢复了平静。我抬起头，饶有兴趣地观看我们正穿行的彼得堡。为庆祝节日，家家户户灯火通明，我向一户户人家告别。我们经过你家。克罗雷夫斯基的屋子灯火辉煌。在那儿，我忽然感到悲伤欲绝。你告诉过我那里会有圣诞树，爱米丽娅·费奥多罗芙娜将带孩子们去。我觉得自己在向他们告别。我多么怀念他们哪！好多年以后，每每想起他们，我仍热泪盈眶。

"我们驶向雅罗斯拉夫尔，经过三四站，拂晓时分到达舒鲁塞尔堡，在一座木屋旅舍停驻。我们扑向茶点，仿佛一星期没吃东西似的。八个月的监狱和六十俄里[1]的路程使我们胃口大开，现在想起来还很高兴，其时我性情快活。杜罗夫絮絮叨叨，雅茨津布斯基却把未来看得漆黑一团。我们试探了遣送队长。他是个善良的老人，经验丰富，曾

1　1俄里合1.067公里。

递送快件穿越整个欧洲。他对待我们既和善又仁慈，超乎想象。一路上对我们来说，他是弥足珍贵的。他的名字叫库斯马·普罗科里奇。他对我们宽容有加，好意给我们搞到篷盖雪橇，我们为之感动，因为寒冷越来越凛冽了。

"第二天是节日。雅姆斯切奇基人早已穿上日耳曼灰色呢绒做的阿米亚克[1]，系着猩红腰带。村庄的大街小巷空无一人。寒冬日晏，天气晴朗。人家领着我们穿越属彼得堡管辖的荒无人烟地区，如诺夫戈罗德，雅罗斯拉夫尔，等等。我们经过的只是些小城镇，稀稀拉拉，无声无息，但因为过节，我们所到之处，吃喝不愁。尽管我们穿得很暖，依然觉得寒冷难熬。

"你很难想象，一动不动在雪橇里待上十小时，每天经过五六个站头，是多么令人难以忍受。我一直冷到心窝，即便到了暖的屋子里也难以把身子暖过来。在贝尔姆区，有一夜我们遇到零下四十度，这种经历我劝你不要试，不是好滋味儿。

"乌拉尔山脉通道发生横祸，一场大风雪把马匹和雪橇覆盖了。我们不得不下车，时值深夜，干等别人把马和车救出来。我们的周围是大雪，风暴，欧洲国界；前方是

---

1 俄国农民穿的一种厚呢外衣。

西伯利亚和我们迷惘的未来；背后是我们整个过去。可悲呀！我哭了。

"在整个旅途中，经常全村全村的人跑来看我们。尽管我们镣铐加身，驿站硬让我们多付三倍的钱。幸亏库斯马·普罗科里奇承担近一半的支出——是他要求的。这样，我们每个人花费了十五银卢布。

"1850 年 1 月 11 日，我们到达托勒尔斯克。我们被移交给当局后，遭到搜身，剩下的钱全给拿走了。我们三人，杜罗夫、雅茨津布斯基和我，被关进一间独间，斯皮埃奇纳尔及其朋友们占了另一间，可以说我们没有见面。

"我很想跟你详细谈谈我们在托勒尔斯克度过的十天以及至今记忆犹新的印象，但现在不是时候。我只告诉你，热忱和同情把我们饱满地包围了，以至我们备感幸福。老的流放犯，或毋宁说他们的妻子，对我们关怀备至，如同亲戚。多么出色的人群哪，二十五年的苦难竟未使她们变得尖刻！再说，我们只能瞥见她们，因为监视非常严厉。她们给我们送食物和衣服。她们劝导我们鼓励我们。我，出发的时候什么也没有，连必需的衣服都没带，一路上后悔不迭……所以我非常欢迎她们给我们筹备被子。

"最后我们离开了。

"三天后，我们到达奥姆斯克。

"早在托勒尔斯克，我便听说哪些人是我们的顶头上司。少校司令是个正人君子，但克里夫绍夫要塞司令却是个少有的恶棍，他野蛮，怪僻，好斗，酗酒，总之一句话，一切卑鄙无耻的东西集于他一身。

"我们到达的当天，他便根据判决的理由称杜罗夫和我是傻瓜，立誓一旦发现我们越规便对我们处以体罚。他当要塞司令两年来，不顾众目昭彰，干出极端不公正的事情。后来又横行了两年，终于受到审判。上帝替我除掉了这个畜生！他来的时候总是醉醺醺的（我从未见过他别的模样），向囚犯无端滋事，大打出手，借口说他'醉疯了'。有时他夜巡，因为有人朝右侧睡，因为有人说梦话，反正凭他脑袋瓜想得出的理由，动辄毒打，想打谁就打谁。我们不得不跟这么一个人一起生活，还得不惹他发火！这家伙每个月向圣彼得堡打我们的小报告。

"……

"就这样我在大墙内度过了四年，出狱只是为了服苦役。劳役艰苦呀！有时没干活儿已经筋疲力尽了。天气恶劣，淋着雨泡在泥里，抑或天寒地冻，冷不堪受。一次我连续加班四个小时，水银都冻住了，零下四十多度。我的一只脚冻僵了。

"我们大家挤成堆，共住一间营房。你可想见，一栋破烂不堪的老房子，木头建筑，不能再用了，早就该拆了。夏天热得叫人透不过气来，冬天冷得把人冻结成冰。

"地板腐烂了，脏物遍地，足有一韦尔晓克[1]高。小窗户布满发绿的污垢，即使白天，看书都不大方便。到了冬天，窗户上结的冰足有一韦尔晓克厚。天花板渗水，墙壁龟裂。虽然我们挤得像桶装鲱鱼，火炉里添六块劈柴都不管用，一点儿热气都没有，将就把房间里的冰化掉而已，但炉烟叫人难受得要死。整个冬天都是这样的。

"苦役犯在自己的房间里洗衣服，因此到处是一汪汪的水，令人难以落脚。从天黑到天明，一概禁止出门，什么借口都不行，于是在房门口放个小木桶，派什么用场你猜得出，整夜臭气熏天，叫人窒息。可犯人们说：'那有什么，既然咱们是有生命的物体，怎么能不排泄脏物哪。'

"床嘛，两块光木板而已；枕头只允许一个。盖不着脚的短大衣权充被子，整夜冻得瑟瑟发抖。臭虫、虱子、蟑螂，多得可以用斗量。我们的冬装无非是两件皮裹大衣，破旧不堪，根本不暖和。脚踏短筒靴，却要在西伯利亚行进，走吧！就这么行进吧！

"给我们吃的只有面包和腌酸菜汤，按规定，每人汤里

1　1韦尔晓克等于1/16阿尔申，1阿尔申即1俄尺；1俄尺相当于0.71米。

有四分之一斤肉，但肉是剁成末儿的，因此我从没见过什么肉。逢年过节，我们吃精白面包，但几乎没有黄油；封斋期仅有清煮腌酸菜，别的什么也没有。我的胃弱极了，多次病倒。设想一下，没有钱哪能活得下去哟！倘若我没有钱，我会怎么样？一般的苦役犯不比我们更能忍受这种饮食制度，但他们一个个在营房内做点小生意，挣几个戈比。我嘛，习惯喝茶，有时把归我的那份肉换点钱，这才救了我。再说，很难忍受不抽烟，否则在这般氛围中会闷得喘不过气来的，但必须偷偷地，不让人看见。

"我多次进医院，癫痫病发作，次数不多倒是真的。我的脚还患风湿痛，除此之外，我的健康良好。麻烦多多，还得忍受缺书之苦，几乎找不到书，偶尔搞到一本，必须偷偷阅读：伙伴们结仇越来越深，看守们专横跋扈，争吵声谩骂声叫喊声，成天喧闹不止。自个儿静一会儿，没门！这样一待就是四年，四年哪！绝不假！说我们感到难受，那是不够的！我们惶惶不可终日，生怕犯规违纪，弄得我们思想贫乏，战战兢兢，我的生活你就可想而知了。

"至于我的灵魂我的信仰我的思想我的心境，在这四年中所发生的变化，说来话长，一言难尽，免了吧。我通过坚定如一的沉思来逃避凄苦的现实并非无用。现在我怀有欲望，抱有希望，这是我始料不及的，但仅仅还是假设，姑置勿论。只希望你不要忘记我，帮我一把吧！我需要书需要钱，给我寄些来呀，看在上帝的分上！

"奥姆斯克是座小城市，几乎没有树，夏天燥热异常，风沙交加，冬天寒风刺骨。我没见过乡村。城市肮脏不堪，充斥大兵，堕落到极点（我指的是居民）。倘若我没遇到好人，我想，我早就完了。康斯坦丁·伊沃尼奇·伊瓦诺尔对我如同手足。他尽一切可能帮助我。我欠他钱哪。他若去彼得堡，好好谢谢他。我欠他二十五卢布。但怎么还得清这份真挚？这份随时听我差使的好意？这份关怀？这份照顾？兄弟呀，世上高贵的灵魂不少哇！

"我已经对你说过，你的沉默使我坐立不安，但我感谢你给我寄钱。请在下封信中（甚至通过官方寄的信中，因为我还没有把握能给你另外的地址），跟我详细谈谈你自己，爱米丽娅·费奥多罗芙娜，孩子们，亲戚们，朋友们，咱们莫斯科的老相识，谁还活着，谁已经死了。讲讲你的生意，现在你用什么资本经营？顺利吗？盈利吗？总之，你能资助我吗？每年能帮助我多少？只在我找不到别的地址时，才通过官方函件给我寄钱，不管在什么情况下，都署名米哈伊尔·彼特罗维奇，明白吗？好在我还有点钱，苦在没有书。如果可能，给我寄今年的杂志，如《祖国年鉴》。

"最重要的是，我极其需要古代历史学家的著作（法语译著）和新历史学家的书，几本经济学家的著作和神职人员写的书。找最便宜排得最密的版本。马上寄来。

"……

"人们为了给我鼓气，会对我说，那是些简单的人。但，一个简单的人比一个复杂的人可怕得多得多。

"再说，无论什么地方，人都一样。我服苦役时跟强盗在一起，居然发现男子汉，真正的男子汉，很有个性的人，深沉，刚强，高尚。藏在垃圾里的黄金。有些人凭某方面的秉性便令人刮目相看，有些则各方面都是美好的，绝对如此。我教一个年轻的切尔克斯人读书，他因抢劫而入狱；我甚至教他学俄语。他对我感激涕零。另一名苦役犯与我告别时失声痛哭，我给过他钱，很少一点儿，他对我感恩不尽。然而我的脾气却变得乖戾了，我对他们喜怒无常，或冷或热，但他们敬重我的才学，对我忍之又忍，毫无怨言。苦役犯监狱里我能观察到多少不可思议的汉子啊！我把他们的生活过了一遍，自认为了解他们。

"我收集了多少冒险家和强盗的故事呀！可以写成几卷书哪！多么不平凡的凡人哪！我虽然没有研究过俄国，但对俄国人民却了如指掌，很少有人像我了解得这般清楚……我想，我在自吹自擂了，但，这是情有可原的，不是吗？

"……

"给我寄《古兰经》，康德的《纯粹理性批判》，黑格尔著作，尤其他的《哲学史》。这些书关系我的前途。不过，最要紧是想办法把我转移到高加索去。问问消息灵通的人士何处可以出版我的书，要采取何种办法。好在两三年内我什么也不想发表。但在这期间，请帮助我活下去，我求你啦！身边若没有一点钱，我会在服役期间送命的！我指望着你呢！

"……

"现在我打算写小说和剧本！但我还要读许多许多书。别忘给我寄书哇！

"再次向你告别。

费·陀"

这封信石沉大海，一如其他许多信件，没有回复。费奥多尔·米哈伊洛维奇在整个或几乎整个囚禁期间没有得到家人的音信。是否应当相信这是因为他弟弟小心谨慎，害怕连累，或许由于生性冷淡？我说不清……陀氏传记作者霍夫曼夫人倾向于后一种说法。

陀思妥耶夫斯基获释并加入西伯利亚军团第七步兵兵营后的第一封家信，据我们所知，写于 1854 年 3 月 27 日，没有收入皮延斯托克的译著中。我们不妨念几段：

"给我寄……不要寄报刊，而要寄欧洲历史学家的著作，经济学家的著作，神职人员的著作，越古越好：希罗多德，修昔底德，塔西佗，普林尼，弗拉维欧[1]，普鲁塔克，狄奥多尔[2]。全部要法语译本。还要《古兰经》和一本德语词典。当然所有这些书不必一次寄，但你尽量寄吧。再有，也要寄皮萨伦的《物理学》和一本生理学论著，哪种法语版都好，如果比俄语版好的话。所有的书都要挑最便宜的版本。不必一次寄，慢慢地，一本一本寄。你哪怕寄一点点，我也感谢你。总之，请理解我是多么需要这些精神食粮哪……"

稍晚些时候他写道：

"现在你知道我主要的营生了。

"说实话，除了服兵役营生，我无所事事，既遇不上外部事件，生活上也风平浪静，没有事端。然而，灵魂、心境、思想所发生的事儿，所萌生所成熟所枯萎所扬弃如莠的东西是不说的，是一页便笺说不清的。在这里，我生活孤独，一如既往，深藏不露。况且，我被看守五年，有时候孑然一身在我倒是最大的乐事。一般来说，高墙把我身

1　弗拉维欧（37—100），犹太历史学家，著有《犹太战争》等。

2　狄奥多尔（前90—前20），古希腊历史学家，著有《历史丛书》四十卷等。

上许多东西摧毁了，但也使我身上萌发了不少东西。譬如，我曾给你谈起过我的疾病，就是很像癫痫发作时的那种怪病，其实我得的不是癫痫，详情以后再谈。"

关于疾病问题，我们将在最后一讲专门谈及。

再读一点同年11月6日的书信：

"……我开始新生活快十个月了。至于其他四年，我把那些岁月当作我被活埋在棺材里的时期。多么可怕的时期！我连向你叙述的力量都没有，亲爱的朋友。那是难以描述的痛苦，无止无休的痛苦，因为每小时每分钟我的心灵都受到压抑。整整四年中我时时刻刻都感到身陷囹圄。"

但他笔锋一转，旋即现出的乐观情绪占据了上风：

"夏天我忙得不可开交，连睡觉的时间都没有。但现在，有点习惯了。我的健康也有点改善了。所以，我没有丧失希望，以相当的勇气面对未来。"

这个时期的三封信件发表在《田地》1898年4月刊上[1]。为什么皮延斯托克先生只收集其中第一封而放弃1855年8月21日的书信呢？在后一封信中，陀思妥耶夫斯基谈及上年10月份的一封信，此信至今一直没有找到。

"亲爱的朋友，去年十月的信中我对你（关于你的沉

---

1 《田地》周刊的《每月文学副刊》（1894—1916）。

默）发出同样的抱怨，你回信说，读了这些抱怨你感到非常难堪，非常沉重。哦，米沙！看在上帝的分上，别责怪我，想想我是多么孤单，像一堆被抛弃的石子。我的脾气一直忧郁，怪僻，易怒……我自己也确信错了。"

陀思妥耶夫斯基 1859 年 11 月 29 日返回彼得堡。其时，他已在塞米巴拉金斯克结婚，娶了个苦役犯的遗孀为妻，连带个大孩子，其秉性好像不大好，可陀思妥耶夫斯基仍收养了他，并承担费用。陀氏有承担一切的癖好。

"他变得不多，"他的朋友米柳乌科夫说，"他的目光比以前更大胆，脸部有力的表情丝毫没有丧失。"

1861 年陀思妥耶夫斯基出版《被欺凌与被侮辱的》；1861 至 1862 年出版《死屋手记》；《罪与罚》，他第一部伟大的小说迟至 1866 年才出版。

1863、1864 和 1865 年间他积极兴办一本杂志。他有一封信讲到中间这几年，讲得娓娓动听，我禁不住要给你们念几段。我想，这是今天最后一次引用他的书信。此信写于 1865 年 3 月 31 日（《书信集》，皮延斯托克译，刊于《法兰西水星》）：

"……我给您讲一讲这段时间我的麻烦事。说来话长，不可能讲完，看来写信总说不清要点，有些事情无法和盘托出。所以我只限于向您概述最近一段岁月。

"您大概知道我兄弟四年前创办了一本杂志。我为杂志撰稿。开始一切顺利。我的《死屋手记》获得巨大成功，重新提高了我的文学声望。我兄弟开办出版社时借了许多债。正当债务即将还清时，1863年5月杂志突然遭禁，为的是一篇激烈的爱国文章。由于误解，被判为反政府法令反舆论的檄文。他受到了致命的打击，负债累累，健康每况愈下。而我，其时不在他身边；我在莫斯科，守着濒死的妻子。是的，亚历山大·叶戈罗维奇，是的，亲爱的朋友！您给我写信，同情我惨重的损失，确实，我的兄弟，我的天使米哈伊尔之死对我来说损失惨重，但您不知道命运的重压对我不止于此。另一个爱我的人，我无限依恋的人，我的妻子，患肺痨，死于莫斯科。她在莫斯科定居才一年，1864年整个冬天我未离开过她的床头。

"……

"啊，朋友！她非常爱我，我也非常爱她；可是我们生活在一起并不幸福。这一切，等见了面再细谈，简而言之，请记住，尽管在一起很不幸，因为她性格古怪，多愁多虑，病态地反复无常，我们却始终相爱，甚至，越是不幸，越是相依为命。看起来好像很奇怪，但确实如此。她是我一生中遇到的最善良最高尚最热心的女人。尽管在整整一年中我亲眼看着她死去，她去世时尽管我珍视并痛感有些东西已跟她一起埋葬了，我依然难以想象我的生活竟如此空虚和痛楚。有一年了，这种感觉始终如一……

"把妻子埋葬之后，我立刻奔赴彼得堡看望兄弟。他孤身一人！三个月后，他也告别人世了。他只病了一个月，好像并不严重，但病情突然复发，三天就把他带去了，有点出乎人们意料。

"于是我一下子形单影只，感到害怕。实在是可怕呀！我的生活碎成两半。过去的一半带走了我为之奋斗的生活，未来的一半是未知的王国，没有人愿意替代两个亡人。按说，我失去了活下去的依据。建立新的联系？创造新的生活？我想都不愿意想。于是我第一次感到他们对我来说是不可代替的，在这个世界上我只爱他们俩，新的爱不仅不会有，也不应该产生哪。"

这封信一直拖到 4 月份没有写完，上述的绝望呐喊之后两个星期，即 4 月 14 日他接着写道：

"我心灵中，尽管力量和毅力的储备充足，却留下某种纷乱和空泛的东西，某种近乎绝望的东西。心烦意乱，苦涩辛酸，对我来说是最不正常的心态……更何况，我只身无援！

"我失去了四十年的朋友。然而，我总觉得自己准备活下去。很可笑，是吗？猫的生命力！"他接着写道，"是的，过去的种种灾难又算得了什么呢？"

当他获得重新生活的愉悦时，什么罪行呀，判刑呀，乃至流放西伯利亚呀，这一切在他看来似乎变成了外部的事情，陌生的事情。

他补充道：

"我把一切都告诉您了，但我发现，最主要的东西，我的精神生活和灵修生活根本没有涉及，甚至连个大概都未说出来。"

我想把从《罪与罚》读到的一段精彩的话与之相比较。陀思妥耶夫斯基在小说中给我们讲述拉斯科尔尼科夫的故事，说他犯了罪被流放西伯利亚。在该书的最后几页，陀思妥耶夫斯基描述主人公被离奇的情感侵袭，觉得生平第一次开始生活。

"过去的一切痛苦算得了什么？此刻，一切的一切，甚至他的罪行，甚至他的服刑以及西伯利亚流放，在这情窦初开的时刻，好像都成了外部的事情，陌生的事情，好像不是他的而是别人的事情……在他的枕头底下有本《福音书》。他机械地取了出来。这本福音是索妮娅的。以前她就用这本福音向他宣读'拿撒勒人[1]复活'。他身陷囹圄之初，

---

1 "拿撒勒人"即耶稣基督。

预计她会用宗教折磨他，不断跟他谈《福音书》，用这本东西来消磨他。但大出他的所料，她从未谈起此事，从未向他推荐《福音书》。是他自己在索妮娅病后不久向她索取的，她把《福音书》带给他，未说一句话。而他一直没有打开过。现在他还不打开，但一个念头闪电似的掠过他的脑海：'她的信仰莫非此刻变成了我自己的信仰？至少她的情感，她的愿望……'

"……

"拉斯科尔尼科夫自己也不明白是怎么回事儿，但突然某种力量抓住了他，把他抛到索妮娅的脚下。他失声痛哭，紧抱索妮娅的双膝。猛一上来，索妮娅吓得三魂冲天，脸色顿时死一般苍白。在冷不防吓了一跳之后，还一个劲儿哆嗦着望着他。但就在同一时刻，一霎之间，她一切都明白了。她的眼睛闪耀着无比幸福的光芒，她明白了，不再怀疑了：他爱她，非常爱她，这样的时刻终于来了……

"他们互诉衷情，但话到嘴边却说不出来。他们的眼睛充满泪水。两人的脸色苍白委顿，但憔悴的面容却闪烁新生的曙光，生命的复归。爱情使他们的生命复活了，他们心心相印，深藏着为对方取之不竭的生命源泉。"（《罪与罚》第514—515页）

我引这些话无非想证明我演讲开头所说的：外部生活

的重大事件，无论怎么惨重，在陀思妥耶夫斯基的生活中，不如一件小事重要。这样的小事我们是十分需要提及的。

那是在西伯利亚时期，陀思妥耶夫斯基遇见一位妇女，她把《福音书》亲手给了他。再说，《福音书》是高墙内唯一官方允许的读物。阅读和深思《福音书》对陀思妥耶夫斯基是至关重要的。他后来写的全部作品都浸透了福音主义。所以，我们每次演讲都不得不反复强调他发现的福音真谛。

我觉得观察和比较两个性格对《福音书》产生迥然不同的反应是非常有意思的，尽管从某个角度看，他们的反应又极其相近，我指的是尼采的性格和陀思妥耶夫斯基的性格。

在尼采身上，反应是直接的，深刻的，应当说妒火中烧。我认为不考虑这层情感就理解不了尼采的著作。尼采嫉妒基督，嫉妒得发疯。他写《查拉图斯特拉如是说》，恨不得要反对《福音书》。他经常采用真福八端的形式，反其道而行之，写下了《反基督徒》和《看啊，这人》。在《看啊，这人》这部最后的著作中，基督的对手以胜利者自居，声称他的教诲取代了基督的教诲。

在陀思妥耶夫斯基身上，反应截然不同。他第一次接触《福音书》就感到有某种超拔的东西，不仅高高在他之上，而且君临全人类，是某种神圣的东西……这种谦卑，我开头已经谈到，而且还要多次提及，天然使他归顺他所承认的高超。他对基督五体投地。这种顶礼膜拜，这种克己忘我，所引起的第一个和最重要的结果，是使他的天性免于复杂化，这一点我已经谈到了。确实没有一个艺术家比陀氏更好地实践《福音书》的教导："因为凡要救自己生命的，必丧掉生命；凡为我丧掉生命的，必得着生命。"

正是这种献身和忘我使得陀思妥耶夫斯基心灵各种矛盾的情感共聚融洽，使得他身上极其丰富的种种对抗存活下来。

我们将在下次座谈中，研究陀思妥耶夫斯基其人之多种特性，是不是俄国人共同的特性——尽管在咱们西方人看来是最奇怪不过的——从而使我们更好地鉴别纯属陀氏个人的特性。

第二讲

我认为，陀思妥耶夫斯基著作可供我们研究的心理和伦理方面，一些真知灼见是至关重要的，我急于讲一讲。但，他的真知灼见太泼辣太新鲜，如果我开门见山，你们可能觉得那是逆理悖论。所以，我必须慎之又慎。

我上一讲谈到陀思妥耶夫斯基其人，今天我觉得适得其时，恰好突出一下这个人物的特性，再把他放在他的环境中加以考察。

我有几个俄国至交，却从未去过俄国；如果没有这些人帮助，我在这里演讲就太勉为其难了。首先我要陈述一下对俄罗斯人民的几点看法。这是从一本论述陀思妥耶夫斯基的著作中找到的，即杰出的传记作家霍夫曼夫人之大作。她开宗明义，非常强调贯穿俄国社会各个阶层的团结和博爱，既为所有人也为每个人。团结和博爱消除了社会藩篱，自然而然地方便了人际关系，这我们在陀思妥耶夫斯基的小说中屡见不鲜；互相介绍后突发同情，正如陀氏笔下的一位主人公雄辩地称之为"巧合的家庭"；私宅成了宿营，竟留宿夜间值勤的陌生人；人们接待朋友的朋友，大家立即亲密无间。

霍夫曼夫人对俄国人民的另一个见解是，俄国人不会有严谨的作风，甚至常常不能守时；好像俄国人不大以混乱为苦，不大努力摆脱混乱。如果我要为咱们系列讲座的无序找个借口，我可以借口说陀思妥耶夫斯基的思想庞杂和纵横交错，借口说满足咱们西方的逻辑是特别困难的，不如把陀氏的思想来一番按图索骥。俄国人的游移不定和优柔寡断，霍夫曼夫人认为其部分原因是时间意识的淡薄，冬天漫长的夜晚和夏天漫长的白日使他们逃脱了时间的节奏。我在老鸽舍剧院的一次简短讲话中曾引用霍夫曼夫人叙述的一则趣闻：一个俄国人受到不守时的责备后反驳道："是啊，生活是一门艰难的艺术，有些时刻值得好好过一过，这比准时赴约要重要得多得多。"但我们从这富有启示的话语中发现俄国人对私生活的特殊情感。在俄国人看来，私生活比一切社会交往更为重要。

我们不妨仍顺着霍夫曼夫人的说法提一下俄国人忍耐

和同情的倾向，Leiden 和 Mitleiden，[1] 俄国人甚至同情罪犯。俄语中可怜虫和罪人是一个词，重罪和轻罪是一个词。再加上几乎宗教式的忏悔意识，不难看出俄国人在跟他人尤其是外国人的交往中存有根深蒂固的不信任感；这种不信任往往引起西方人的抱怨，但霍夫曼夫人断定，这来自始终如一的自我不足感和易犯罪感，而远不是感觉他人无价值，总之是由于谦卑而产生的不信任。

《白痴》主人公梅什金公爵叙述了四次相遇，最好不过地显现俄国人非常特殊的宗教感情，哪怕一切信仰泯灭以后依然存在。我给大家读一读这段叙事：

> "关于信仰，"梅什金微笑着开讲，"上星期我与他们两天内有四次不期而遇。一天早晨我乘火车旅行，巧遇 S 同座，跟他聊了四个小时……对他的事，我早已耳熟能详，尤其知道他是无神论者。这是个教养极好的人，我很高兴跟一个真正的学者交谈。况且他恂恂儒雅，非常客气，在才智和学识上把我视为同仁。他不信上帝。可我惊异于他所说的一切好像与之

1 德语，意为"忍耐和同情"。

渺不相关。先前我每次跟怀疑上帝存在的人交谈，抑或阅读他们的作品，都会发现相似的意见：他们所说的一切论据，哪怕最貌似有理的，我总觉得站不住脚。我对 S 也不讳言，但或许我说得不太明朗，他没有听明白……晚上我在一座县城停留，下榻的旅馆里人人都在议论一起凶杀案，是前一天夜里就地发生的。两个同龄农民本是朋友，那夜滴酒未沾，喝完茶便去睡觉了（他们要了双人房间）。其中一个两天来发现同伴揣着一块带玻璃珠链的银表，以前可不知道哇。此人并非小偷，他正直，作为农民，境况还不错。但这块表，他喜欢得不得了，硬想弄到手，如痴如狂，不能自已。于是他操起一把刀，等朋友一转过身去，便蹑手蹑脚走近，对准方位，举目朝天，画了个十字，虔诚地祈祷：'上帝啊，看在基督大功大德的分上原谅我吧！'接着一刀劈下去，把朋友像羊似的宰了，然后抢走了银表。"

罗戈吉纳哈哈大笑，此公一直郁郁寡欢，其时突然兴高采烈，倒是有些蹊跷。他喘着气断断续续大声说：

"太妙了，没有比这更妙的了！一个根本不信上帝，另一个笃信到了谋财害命时还做祷告！有这样的事吗？公爵，假造都造不出来的啊！哈！哈！哈！太妙了，没有比这更妙的了……"

"翌日清晨我去市里散步，遇见一个醉兵，歪歪斜斜倒在木板人行道上。他叫住我，搭讪道：'爵爷，买下这个银十字架吧，二十戈比就让给你，十字架是银的呀！'他递给我一个十字架，大概从脖子上刚取下来的，因为系着一条蓝绳子。但一眼就看得出十字架是锡做的，有八个尖头，忠实模仿拜占庭体形。我从口袋里掏出一枚二十戈比银币给了士兵，把他的十字架套在我的脖子上。诈骗了一个傻瓜同胞，他喜形于色。我肯定他立即把倒手得来的钱拿到酒店去花掉了。其时，朋友，我在家乡看到的一切给了我极其强烈的印象；先前我对俄国毫不了解：幼年时期是迷迷糊糊度过的，后来到国外待了五年，所以故乡给我留下的记忆几乎是盲信的。我慢慢往前走，一边琢磨：'不要急于谴责这个犹大，等等看，谁说得清醉鬼们脆弱的心底藏着什么啊。'一小时后，我回旅馆时遇见一个农妇，她怀里抱着吃奶的孩子。妇女还年轻，婴儿约莫六周大。他朝母亲微笑，自生下来便如此。我突然见农妇画十字，画得虔诚极了，虔诚极了，虔诚极了！'请问，你为何画十字呢？'我问道，其时我好提问。她回答：'嗨，母亲看见婴儿初次微笑心里越高兴，上帝在天上每每看见世间罪人做热忱的祷告也就越快乐。'这是几乎一字不差的原话，对我说此话的是个平民女子，但她表达的思想多么深刻，多么敏锐，真正笃信宗教，包含着基督教的全部精髓，就是说把上帝看作咱们的生身父亲，想着上帝见人乐呵呵，正如父亲见儿喜滋滋。这便是基督最重要的思想！一个普通的农妇！说实话，她是做母亲的……谁知道呢？也许就是那个士兵的妻子吧。听我说，帕费纳，现在回答你刚才提的问题：宗教情感就其本质而言是坚不可破的，任何推理任何过失任何罪行任何无神论都无法动摇，有某种摆脱一切外在物的东西存在着，永在着，即无神论者的论据永远击不倒的东西。其要领是，只在俄罗斯人的心中有这种宗教情感，其他任何地方都找不着的。这就是我的结论！这就是俄罗斯给我的第一个印象。还需努力呀，帕费纳！在这个人世上要干事有的是哪，相信我的话吧。"

这段叙事写到最后显露另一种性格特征：相信俄罗斯人民负有特殊的使命。

这种信仰在许多俄罗斯作家身上屡见不鲜，在陀思妥耶夫斯基身上则变成积极的和痛苦的信念。他对屠格涅夫不满，正是认为在屠氏身上找不到这种民族情感，觉得屠格涅夫太欧化了。

陀思妥耶夫斯基在论述普希金时声称，普希金还在模仿拜伦和谢尼耶[1]的时期就悟出"一种崭新的和真挚的情调"，陀氏称之为俄罗斯情调。"对俄罗斯人民及其价值能有何种信仰呢？"普希金在回答这个所谓"该死的问题"时，嚷道："夹起尾巴，傲慢的人！首先应当克服傲岸不逊，打掉傲骨，在所有人面前，卑躬屈膝，把腰弯得直到头碰故土。"

---

[1] 谢尼耶（A. André Chénier, 1762—1794），法国诗人，著有《悲歌集》和《牧歌和田园诗集》。

人种的差异大概没有比在领悟荣誉的方式上更为鲜明突出了。开化的人，其秘密的活力在我看来恰恰不是拉罗什富科[1]所说的自尊，而是我们所称"荣誉攸关"的情感，即荣誉感，这个神经痛点，就法国人英国人意大利人西班牙人来说是不完全一样的……然而与俄国人比较起来，所有西方民族的荣誉感则好像差不多是混同的。了解到俄罗斯的荣誉，我们定会茅塞顿开，必将发现西方的荣誉常常有悖于福音的告诫。恰恰是为了排除西方的荣誉感，俄国人才把自己的荣誉感靠近福音；换句话说，俄国人信奉基督教的情感，往往超出我们西方人所理解的那种荣誉感。

抑或报仇雪耻，抑或认错谢罪，在作出这类抉择时，西方人往往认为后者有失尊严，是屠头懦夫之举。西方人倾向于把不原谅不忘记不宽恕看作有性格。诚然，西方人竭力永不出错，但一旦出了差错，好像要认错便是最最丢面子的事情。俄国人则相反，随时承认错误，甚至向敌人认错，随时自谦自卑，随时赔礼道歉。

大概与之有关的是，希腊正教一味鼓励自然倾向，容忍乃至赞扬公开忏悔。不是向神父耳旁单独忏悔，而是当着任何人、当着大伙儿忏悔，这个想法始终纠缠着陀思妥

---

[1] 拉罗什富科（La Rochefoucauld, 1613—1680），法国作家，著有《回忆录》和《箴言录》，后者共收 504 条箴言。

耶夫斯基的小说。在《罪与罚》中，当拉斯科尔尼科夫向索妮娅坦白罪行时，索妮娅即刻劝他到广场去下跪，并当众高喊"我杀人了"，认为这是减轻灵魂负担的唯一办法。陀思妥耶夫斯基的人物多半在某些时刻，常常突如其来，以不合时宜的方式，渴望忏悔，恳求某人原谅，有时弄得人家莫名其妙；跟人说话时，觉得有必要自惭形秽。

你们肯定记得《白痴》中这个精彩的场面：在娜斯塔西娅·费利波芙娜家的晚会上，作为消遣，就像猜字谜或递小条[1]，有人建议在场的每个人坦白交代一生中最无耻的行为。妙就妙在这个建议顺利通过了。于是一个个开始忏悔，其真诚的程度有所不同，但几乎没有人怕难为情。

我说更奇怪的还是陀思妥耶夫斯基本人的逸事，是从接近陀氏的一个俄国人那里得知的。我不慎向好几个人讲了，结果被人利用了；从被转述的情形来看，已经讹传失实，完全走样了。所以，我坚持在这里重述一遍。

陀思妥耶夫斯基一生中有些事情极端暧昧，其中一件，在《罪与罚》中已有影射，好像还做过《群魔》某一章的题材，但成书时未收入，一直未发表，连俄语版都未刊行。迄今为止只在德国出版过，但属非卖品。这一章的译文后

---

[1] 系上流社会的文字游戏：每人在各自的小条上写一句话或一个问题，然后互相传递，谁的话最俏皮，谁的问题最巧妙，是为胜者。

来刊登在《新法兰西评论》1922年6月和7月号上。普隆出版社出版单行本时定名《斯塔夫罗金的忏悔》。事关强奸一个小姑娘。被奸污的少女在一间屋里上吊，罪人斯塔夫罗金就在隔壁，明明知道她自缢，却坐视她结束生命。这个阴森可怖的故事有多少真实的成分？弄清此事在我并不重要。不过，陀思妥耶夫斯基在类似的偶发事件后，切身感到非常有必要受良心责备。内疚的切肤之痛折磨了他一段时日，大概索妮娅对拉斯科尔尼科夫说的话正是他的自责。他渴望忏悔，但不仅仅向神父忏悔。他寻找的忏悔对象是应当使他感到最难堪的，这样的对象毫无疑问便是屠格涅夫了。陀思妥耶夫斯基好久未见屠氏了，跟他关系一直非常糟糕。屠格涅夫先生是个循规蹈矩的人，家道殷实，遐迩闻名，饮誉全球。陀思妥耶夫斯基不顾一切，胆大妄为，或许一时冲动，鬼使神差来到屠格涅夫家。咱们不妨想象一下：屠格涅夫正在舒适的书房伏案写作。有人按铃。仆役通报费奥多尔·陀思妥耶夫斯基来访。"他来干什么？"让他进屋后，他旋即滔滔不绝讲自己的故事。屠格涅夫听着，莫名惊诧。讲这一大通究竟想干什么？肯定，他疯了。陀思妥耶夫斯基讲完后，室内一片沉静。他等着屠格涅夫发句话示个意……大概他以为像自己小说所描绘的那样，屠格涅夫会向他张开双臂，把他抱住痛哭流涕，跟他言归于好……但根本不是那么回事儿。

"屠格涅夫先生，我必须向您承认：我非常瞧不起我自己……"

他打住话头儿，再次等待。但沉默依旧。于是陀思妥耶夫斯基憋不住了，怒不可遏地加添道："但我更瞧不起您。这就是我要对您说的……"

说罢，他便砰地关门走了。屠格涅夫确实太欧化，理解不了他。

这里我们看到谦卑突然转向对立的情感。谦卑使人顺从，欺凌则使人反抗；谦卑打开天堂大门，欺凌则打开地狱之门。谦卑包含某种自愿的顺从，是自由无阻地接受的，可印证此福音诚言之真理："卑躬的人必升天。"与之相反，欺凌使灵魂堕落，使灵魂扭曲，使灵魂变形，使灵魂冷峭，使灵魂烦躁，使灵魂枯萎，引起某种精神创伤，很难很难治愈。

我认为，陀思妥耶夫斯基的许多人物看上去令人担忧，离奇怪僻，其扭曲和乖戾的性格无一不与最初受到某种欺凌有关。

《被欺凌与被侮辱的》便是初期作品的一个标题，他的全部著作始终摆脱不开这个观念：欺凌使人受罪，而谦卑使人神圣。阿辽沙·卡拉马佐夫给我们描绘的梦想，就是一个不再有欺凌与侮辱的世界。

陀氏小说最怪诞不经最令人不安的人物是《群魔》中的混世魔王斯塔夫罗金，我们在书中找得到对这个恶魔人物的解释和点题，尽管其性格初看上去那么与众不同。书中另一个人物叙说：

"尼古拉·弗谢沃洛多维奇·斯塔夫罗金此时在彼得堡过着'玩世不恭的生活'，如此说他，因为找不到其他的词加以形容。总之，他无所事事，对什么都不在乎。"（《群魔》第一卷第197页）

斯塔夫罗金的母亲听说此话便嚷道：

"嗨，那才叫别树一帜哩，我敢说，至神至圣。我儿子天生志高气傲，但他的自尊过早受到了伤害，所以如此生活，您称之为玩世不恭，说得对极了。"

在下文中，芭芭拉·彼特罗芙娜语气有点夸张地接着说：

"如果，听我说，如果尼古拉在他周围有个斯文的英雄，斯捷潘·特罗费莫维奇，用您美丽的辞藻来说，伟大的谦卑者，也许他早就摆脱混世魔王的恶名，不至于因玩世而毁其一生了。"（同上第201页）

有时陀思妥耶夫斯基的某些人物因受欺凌而深深堕落了，欺凌引起的沉沦不管多么可恶，他们从中却找到某种乐趣、某种满足。《少年》的主人公当其自尊心受到残酷的凌辱后说道：

"我从自己不幸的遭遇中是否体会到一种非常真实的怨愤呢？我说不好。反正自幼年起，每当人家当面欺凌我，一种不可抑制的欲望油然而生，我旋即傲慢地沉溺于自贬和迎合欺凌者的愿望：'嘿！您欺凌我吗？好啊！我就更自暴自弃，瞧吧，瞅吧！'"（《少年》第371页）如果说谦卑是摈弃傲慢，那么欺凌则相反，是强化傲慢。

我们再听听《地下室手记》中落魄的主人公的叙述（见《地下室手记》第71—73页）：

"一天夜晚，我路过一家小客栈，从窗户望见几个玩台球的人用台球棒打架，把其中一个从窗户扔了出来。若在平时，此景会使我反感。但那天我的心态却是惊羡那个被扔出窗外的家伙，情不自禁地步入客栈，走进台球房，心想，也许人家会把我扔出窗户。

"我并没有喝醉，有什么办法，无聊弄得你神不守舍！但神经兮兮也无用处哇。事实上我连跳窗的本事也没有，所以没挨打便出来了。

"我进屋刚走几步，一个军官就迫使我靠边站。我已经待在球台旁，不由自主地挡住军官的去路。他一下抓住我的双肩，不由分说，把我挪了个地方，好像根本不当回事儿。我可以原谅他打我，却不能原谅他强迫我换地方而不注意我。

"真见鬼，我多么愿意不惜代价大吵一场，吵得合乎情理，吵得体体面面，吵得富有文学味道，总得差不多像个样子吧！他对待我就像赶只苍蝇。那军官身材魁梧，而我，矮小瘦弱。况且我是肇事者，只要吵闹一下，肯定会让人扔出窗外。但经过考虑，我宁可悻悻溜走。"

然而再往下读，我们很快发现恨之切原来只是爱之深：

"……之后，我在街上经常碰见那个军官，我完全认出他，不知他是否认出我。很多迹象表明他认不出我了，我是这么想的。可我，我，敌视他怒视他长达好几年之久。我的恼怒逐年加深加大。起先我悄悄打听有关该军官的情况。困难可大啦，因为我不认识任何人。但有一天，我远远地跟踪，好像他牵着我走似的，突然有人喊他的名字，我这才知道他叫什么。又有一次，我一直盯梢到他家，给了门房十个戈比，打听到他住哪层，孤身一人还是跟别人同住，等等。总之，得到了从门房处可得到的一切。一天早晨，尽管我从未创作过，却一时心血来潮，想把那个军官的特征用中篇小说的形式、以漫画式的形象表现出来。我写这个中篇其乐无穷。我抨击，甚至诽谤。我改换了他的名字，使人一时猜不出来，然后再深思熟虑，经过一番修改后寄给《祖国年鉴》。但人家对我的中篇既无批评也不付印出版。我气坏了，有时怒火中烧，气恨难平。最后我下决心向对手挑衅，给他写了一封信，笔调亲切可爱，富有魅力，恳求他向我道歉，倘若他拒绝道歉，我相当明确地表示要与他进行决斗。我的信言之凿凿，如果军官稍微懂得一点美和善，他必定会跑来我家热烈拥抱我，向我奉献友情。若能那样，该有多好哇！我们便可和睦相处，相濡以沫啦！"（《地下室手记》第74—75页）

就这样，在陀思妥耶夫斯基的作品中，一种情感常常突然转变为对立的情感。这样的事例，我们可以举出许多，就拿《卡拉马佐夫兄弟》中那个不幸的孩子为例吧，当阿辽沙向他伸手时，他恶狠狠咬了阿辽沙的手指头，而恰恰就在当时，孩子不知不觉地狂热地爱上了阿辽沙。孩子身上这种爱的偏离由何而来呢？原来他看见阿辽沙的兄弟德米特里·卡拉马佐夫从酒店醉醺醺出来时，狠揍他的父亲，蛮横无理地揪他父亲的胡子。事后孩子嚷道："爸爸，亲爱的爸爸，他把你欺得好苦哟！"因此，与谦卑比较，恕我冒昧，自尊处在同一个平面上，但处于另一个极端，而欺凌则使自尊膨胀、激化和扭曲，有时扭曲得不近人情。

毫无疑问，心理真实在陀思妥耶夫斯基看来始终是实际上的特殊真实。作为小说家（陀氏绝非理论家，而是探索者），他忌讳归纳法，懂得企图确立普遍定律是不谨慎的，至少对他而言是如此。德·舒莱泽先生在《新法兰西评论》1922年2月号著文说："俄罗斯天才总是以具体事实为依据，以活生生的现实为依据，这是最主要的一个特征，即便鲁莽的天才亦然；然后他可以投入最抽象最大胆的思辨，但是为了最终在获得丰富的思想之后，回到原来的事实和现实，因此事实和现实既是起点也是终点。"而普遍定律要靠我们当中乐此不疲的人努力抽绎出来，就像修剪大马路上的矮树丛那样去归纳陀氏著作。譬如此条定律：受到欺凌的人必求欺凌他人。例如《白痴》中的列别杰夫，请参见这本书附录的精彩章节，其中谈到列别杰夫折磨伊戈尔金将军，其乐无穷。

陀思妥耶夫斯基的人物，尽管演出极其丰富多彩的人间喜剧，却始终纷纷聚集和层层排列在唯一的平面上，即谦卑和自尊的平面上，这个层面使我们迷失方位，甚至一开始就使我们迷惘，只因为我们平时不朝这个方面剖析和按等级排列人类。我再说明一下，譬如读狄更斯精彩的小说，我有时几乎感到不自在，因为他把等级划分，这里不妨借用尼采的词语——价值等级，当作约定俗成的东西、近乎简单明了的东西显现出来。而在阅读陀氏著作时，我仿佛觉得眼前呈现安吉利科[1]某幅《最后的审判》：上帝选民有之，入地狱者有之；不可靠者有之，人数极少罢了，则是天使与魔鬼争夺的对象。衡量他们所有人的天平，有如一幅埃及浅浮雕所显现的，只根据他们行善多一点或少一点而已。好人上天堂，坏人入地狱。狄更斯则追随他的人民和那个时代的舆论，势必会出现坏人发迹，好人遭殃：这是人间的耻辱，社会的耻辱。狄更斯小说无一不向我们表明、无一不让我们感受心地价值超越智慧价值。我选择狄更斯作为例子，因为我觉得，就我们知道的所有伟大的小说家，首推他以最简单的方式把人按等级分类。我再补充一句：正因为如此他才深得人心。

然而，最近我几乎一口气重读了陀思妥耶夫斯基所有的作品，觉得他也把人按等级做相似的分类，也许不那么明显，却差不多同样简单明了。并非可以人的心地好坏把他的人物按心地价值做等级分类（请原谅这个可恶的字眼），而是按人物自尊的多少进行分类。

陀思妥耶夫斯基一方面向我们描述卑贱者，其中某些

1　安吉利科（Fra Angelico，1387—1455），意大利文艺复兴早期的僧画家，继承和发展了中世纪细密画的传统，作品富于线条的节奏感和明快的装饰色彩。他用不同的绘画语言宣传对宗教的虔诚，把基督教的概念诗意化。作品有《圣母加冕》《圣母领报》，系列壁画《最后的审判》。

人把谦卑推至卑鄙，乃至以卑鄙自乐而不疲；另一方面向我们描述傲慢者，其中某些人把自尊推至犯罪。后者通常智力很高。我们看得出他们被自尊这个恶魔折磨得好苦，一味竞争高尚。《群魔》中十恶不赦的皮埃尔·斯泰帕诺维奇对斯塔夫罗金说："我打赌，你们一整夜促膝长谈，竞争高尚浪费了宝贵的时间。"（《群魔》第二卷第 227 页）

别处还有几段：

> 尽管维尔西洛夫使她悚然，卡特琳娜·尼古拉耶芙娜却一直敬佩他高尚的道德和卓越的智慧……他在信中向她许下君子之言，她丝毫不必害怕了。她自己表露的情感也不乏贵人风度！他们之间可以竞相施礼了。（《少年》第 557 页）

> "没有任何东西可以触犯您的自尊心，"埃莉莎贝特·尼古拉耶芙娜对斯塔夫罗金说，"前天，我回到家里，在我对您当众侮辱之后，您却做出如此富有骑士风度的答复，我立即醒悟您之所以避我，是因为您有妻室，绝非因为您蔑视我：我作为上流社会的姑娘最害怕的事

莫过于此。"她最后说道，"至少自尊心未受损害。"（《群魔》第三卷第218页）

陀思妥耶夫斯基的女性人物因比男性人物更加自尊而变得坚定、变得成熟，诸如拉斯科尔尼科夫的姐妹（《罪与罚》中的杜妮娅），《白痴》中的娜斯塔西娅·费利波芙娜和阿格拉艾·叶潘奇纳，《群魔》中的卡特琳娜·伊凡诺芙娜。

然而，反转来看——恕我称之为福音主义的反转，最卑贱者比最高贵者更接近上帝的王国。陀思妥耶夫斯基的作品太受深奥的福音真理影响了："拒于强者的将授予弱者"，"吾来救没救者"，等等。

一方面，我们看到自暴自弃，另一方面，在陀氏小说中，确认人格，"权力意志"（尼采语）总是导致一败涂地。

苏代先生不久前指责我为陀思妥耶夫斯基而牺牲巴尔扎克，甚至"宰杀巴尔扎克作为祭品"，我想他是这么说的。有必要反驳吗？诚然，我对陀思妥耶夫斯基赞赏备至，但我想还不至于盲目崇拜吧。我随时准备承认巴尔扎克的人物比这位俄国作家更为多种多样，其《人间喜剧》更为丰富多彩。但，陀思妥耶夫斯基在某些领域涉及得更加深邃，触及的点比任何其他作家重要得多。不过，我们可以说他所有的人物都是一个模子炮制出来的。高傲和谦卑始终是人物行为的秘密动机，尽管根据多种多样的剂量，其反应是绚丽多彩的。

在巴尔扎克的书中，如同其小说向我们形象地表现的整个西方社会尤其法国社会那样，有两个因素起着作用，而这两个因素对陀思妥耶夫斯基的小说几乎不起任何作用：第一是智力，第二是意志。

我不是说在巴尔扎克的书中意志总是引人向善，不是说他笔下的有志者只是些贤德者，但至少我们看到他的英雄凭意志达到了善果，凭恒心凭智力凭决心做出一番光荣的事业。请想想巴尔扎克笔下的大卫·赛夏、皮安训、约瑟夫·勃里杜、达尼埃尔·德·阿泰兹[1]……我还可以举出其他二十个来。

在陀思妥耶夫斯基的全部作品中，我们找不出一个伟大的人物。不过你们会举出《卡拉马佐夫兄弟》中了不起的佐西马长老……是的，他无疑是这位俄国小说家描绘的最崇高的形象。佐西马君临整个悲剧。等我们读到《卡拉

1　均为《人间喜剧》中道德高尚的人物：大卫·赛夏，《幻灭》的主要人物，印刷厂厂主，一项造纸工艺的发明家，聪明，能干，勤奋；皮安训，高明的医生，充满人道主义精神，多次出现于《高老头》《幻灭》《绝对之探求》中，是《无神论者望弥撒》的主人公之弟子；约瑟夫·勃里杜，画家，是浪漫主义画家的缩影，参见《搅水女人》和《幻灭》；达尼埃尔·德·阿泰兹，杰出的作家，参见《卡迪央王妃的秘密》和《幻灭》。

马佐夫兄弟》全译本（已预告），我们会更清楚佐西马的重要性。但我们也会更明白什么是陀思妥耶夫斯基眼中真正的伟大。佐西马老头儿在世人看来不是一个伟人。他是圣人，不是英雄。他达到圣界恰恰只因为摈弃了意志，摈除了智力。

陀思妥耶夫斯基的作品中，正如《福音书》中那样，天国属于智力贫弱的人。在他那里，爱的对立面不是恨，也不是伤脑筋。

对照巴尔扎克，我考究陀思妥耶夫斯基所描绘的果断人物，突然发现他们全是要不得的人物。请看名列榜首的拉斯科尔尼科夫，野心勃勃的孱弱书生，开始想当拿破仑，最终只不过杀了个放高利贷的女人和一个无辜的姑娘。又诸如斯塔夫罗金，皮埃尔·斯泰帕诺维奇，伊凡·卡拉马佐夫，以及《少年》的主人公 [1]（此公系陀氏人物中，唯一自初谙世事就具有固定想法的人：想当一个罗思柴尔德 [2]。可笑的是，在陀氏所有的书中找不出比他更懦弱更人见人欺的家伙了）。陀氏人物的意志，他们身上存在的一切智力和意志，好像都着力于把他们推向地狱。每当我在陀思妥耶夫斯基的小说中寻求智力所起的作用，我发现总是魔鬼

1　即阿卡迪·多尔戈罗基。

2　罗思柴尔德，德国的犹太裔家族，极为富有的银行世家。

附身的作用。

陀思妥耶夫斯基最危险的人物也是最有智力的人物。

我不仅想指出陀氏人物的意志和智力只为恶而表现，而且想指出，即使意志和智力向着善行奋进时，其善行也是高傲之举，注定要失败的。陀氏人物只在摈除其智力、摈弃其个人意志、摈斥自我时才步入天国。

诚然，我们可以说，在某种程度上，巴尔扎克也是一位基督教作家。但，就在对照俄国作家的伦理和法国作家的伦理时，我们看清了后者的天主教教义离开前者纯福音主义教义有多么大的差距，还看得清天主教精神可以多大程度不同于纯基督教精神。为了不得罪任何人，咱们不妨这么说吧，巴尔扎克的《人间喜剧》产生于福音与拉丁精神的接触，而陀思妥耶夫斯基的俄国喜剧则产生于福音与佛教、亚洲精神的接触。

以上论述只是开场白，可以引导我们进一步理解陀思妥耶夫斯基笔下奇怪人物的内心世界，这正是下一讲我要着手做的。

第三讲

到目前为止，我们所做的只是扫清道路。在论及陀思妥耶夫斯基的思想之前，我想提醒大家谨防陷入谬谈。陀思妥耶夫斯基在他一生最后十五年间花了很大精力编辑一本杂志。他为这本杂志撰写的文章后来汇集成册，定名《作家日记》。陀思妥耶夫斯基在该著作中阐述他的思想。因此不断参照该书似乎再简单自然不过的了，但，可以马上告诉大家，这本书令人大失所望。我们读到社会理论的阐述，其理论模糊晦涩，表达极不高明；我们读到一些政治预言，没有一项预言得以实现。陀思妥耶夫斯基力图预测欧洲未来的状况，几乎总是估计错误。

苏代先生不久前在他的《时代》上为陀思妥耶夫斯基辟了一个专栏，乐此不疲地挑陀氏的毛病。他认为陀氏的文章只不过是通常的新闻体之作，这我完全赞成，但我反对他认为这些文章为我们了解陀氏的思想提供了再好不过的资料。

说真的，陀思妥耶夫斯基在《作家日记》中探讨的问题并不是他最感兴趣的，应当承认，在他看来政治问题不如社会问题重要，社会问题又不如、大大不如道德和个体问题重要。我们能够从他那里得到的最深刻最罕见的真知灼见是属于心理学方面的，我补充一句，在这个领域他提出的想法往往停留在问题、疑问阶段。他不寻求答案，只作陈述，只陈述那些通常处在紊乱状态的问题，正是因为它们极其复杂，纵横交错，混乱不堪。总之一句话，严格地说陀思妥耶夫斯基不是思想家，而只是小说家。他最宝贵最敏锐最新颖的思想，我们应当在其人物的言论中寻找，而且不一定总在主要人物的言论中寻找，往往最重要最大胆的思想，作者让次要人物说出来。陀思妥耶夫斯基一旦以自己的名义说话，总是笨口拙舌的。我们可以认为他通过《少年》中维尔西洛夫之口道出他自己想说的这句话："发挥？不，我宁愿不发挥。奇怪吧：每当要发挥我深信的一个思想，几乎总是没等陈述结束，我的信仰便动摇了。"

我们甚至可以说很少见到陀思妥耶夫斯基在陈述自己的思想之后不马上加以否定的。在他看来，思想一旦得到陈述就好像立即散发死物的臭味，好似佐西马尸体散发的恶臭，而人们恰恰期待着出现奇迹，其时这种恶臭使得他的弟子阿辽沙·卡拉马佐夫夜间的守灵变得不堪忍受。

不言而喻，对一个"思想家"来说，如此这般，是相当糟糕的。他的思想几乎从来都是不完全的，几乎总是让有关人物表达出来的，甚而至于，不仅关系到小说人物，而且关系到人物生活的某个确切的时刻。可以说，思想是由其人物在某个特定和暂时的状况下所获得的，因此是相对的，就是说，直接关系到思想所导致的行为或举动，抑或是行为或举动必然导致思想。陀思妥耶夫斯基一讲理论，就叫我们失望。拿他论述谎言的文章来说吧，当他让说谎的典型人物（与高乃依的典型人物迥然不同）在小说场景中活动时，是多么得心应手，天衣无缝。他善于使我们通过典型人物明白是什么东西迫使说谎者撒谎，然而，一旦作者企图向我们作出解释，把他的人物理论化，就显得平淡苍白，趣味索然。

这本《作家日记》向我们表明，陀思妥耶夫斯基作为小说家到了何等程度。如果说他写理论和批评文章相当平庸，那他一旦把某个人物引入场景就十分高明了。正是在《作家日记》中我们发现精彩的记叙《庄稼汉克罗奇卡亚》，一部陀氏的力作，类似小说，确切地讲只是一篇长长的独白，很像差不多同时期写的《地下室手记》中那篇独白。

更妙的是，我想说，更有启示的是，在《作家日记》中，陀思妥耶夫斯基两次让我们观察小说情节的安排，几乎不由自主地，几乎无意识地。

他给我们讲他观看街上行人，以及有时尾随他们的乐趣，之后，笔锋一转，便抓住某个遇见的行人不放了：

"我注意到一个工人，他胳膊上没有挽着老婆，只牵着个孩子，一个小男孩。两人都像孤独者那样愁眉苦脸。工人约莫三十岁，面容憔悴，一副病态。他穿着节日礼服，但外套的接缝处都已磨损，纽扣的包布全脱落了；衣领油乎乎的；裤子洗得倒顶干净，但像刚从旧衣店买来的；大礼帽破烂不堪。脸部表情阴沉，冷峭，近乎凶恶。这个工人在我看来像是个排字的。他手拉着孩子，小男孩有点儿跟不上。小家伙两周岁，再大也大不了多少，非常苍白，非常孱弱，穿着短上衣，踏着红高帮皮鞋，戴的帽子上插一片孔雀羽毛。他累了。父亲向他嘀咕什么，也许嘲笑他缺乏腿劲吧。孩子没有争辩，五步之后，父亲弯下腰，把他举起，抱在怀里。男孩似乎很高兴，双臂搂住父亲的脖子。他刚抬高身子便瞥见我，吃惊好奇地望着我朝他微微点头示意，他却皱起眉头，更紧地扣住父亲的脖子。父子俩大概是好朋友吧。

"在街上，我喜欢观察行人，端详陌生的面孔，研究他们可能是何许人，想象他们怎样生活，在生活中可能对什么感兴趣。那天，我对这父子俩特别关注。我设想，工人的妻子，即孩子的母亲，刚去世不久。鳏夫一周中在工场干活，把孩子扔给某个老妇人照看。他们必定住在地下层，这男子租了一间小房，也许只租房间的一角。今天星期日，父亲带着孩子走访亲戚，很可能去亡妻的姐妹家。我希望孩子的姨妈在小说中不常出现，她嫁给一个下级军官，住在地下层的大兵营里，但单独住一间房。她为去世的姐妹伤心哭泣，但时间不长。鳏夫也不显得大悲大恸，至少在走访时是如此。不过，他一直忧心忡忡，寡言少语，只谈利害攸关的问题，讲完就默不作声了，之后便等着上茶炊，等着喝茶。小男孩待在一角的长凳上，蛮不懂事地噘着嘴皱着眉，最后昏昏入睡了。姨妈和父亲对他不大在意，给了他一片面包和一杯牛奶便不管了。军官起先一言不发，等到某个时刻突然甩出一句粗野的玩笑，挖苦父亲正在斥责的小淘气。孩子急于离开，无奈的父亲把他领回位于利季埃奈亚的维鲍格斯卡娅家里。

"第二天父亲照例去工场上班，小家伙依旧跟着老妇人。"（《作家日记》第99—100页）

在同一本书的另一处，我们读到他遇见一名百岁妇人的记叙。他上街时看见老妇坐在一条长凳上，跟她搭讪后便走开了。但晚上"完成工作之后"，又想起老妪，想象她回到家人身边以及家人跟她说些什么话。他叙述老妪仙逝。"我乐于想象故事的结尾。毕竟我是小说家嘛。我喜欢讲故事。"

再说，陀思妥耶夫斯基从不胡编乱造。就在这本《日记》的一篇文章中，他提及科尔尼洛夫寡妇的诉讼时，以自己的方式重新组合和安排故事。当司法调查结束，罪行水落石出，他写道："我几乎全猜对了，"接着解释道，"一次机缘巧合，我去见了科尔尼洛夫寡妇，惊异我的猜测竟这般符合实际。当然，有些细节阴差阳错了，譬如，科尔尼洛夫虽然确是农民，但欧式穿着，等等。"陀思妥耶夫斯基作出结论："总而言之，我的差错都无关紧要，猜测的实质内容是对的。"（《作家日记》第 294 页和第 450—451 页，副标题为"一桩既简单又复杂的事情"）

有了观察的天赋，虚构的天赋，重组真实的天赋，如果再加卓越的敏感性，就可以产生一个果戈理，一个狄更斯（或许你们还记得《老古玩店》开头狄更斯讲他自己忙于尾随行人观察行人，离开之后还继续想象他们的生活）。但这些天赋，不管多么神奇，却不足以产生一个巴尔扎克，一个托马斯·哈代和一个陀思妥耶夫斯基；也肯定不足以促使尼采写出下面的文字："唯有陀思妥耶夫斯基教我学到了一点心理学。在我，发现陀思妥耶夫斯基比发现司汤达更为重要。"

很久以前我就摘录过尼采的一段文字，我想念给你们听听。尼采在写这段话时未必想到正好指出伟大的俄国小说家最独特的价值，他原本用来批判许多现代小说家的，譬如暗指龚古尔兄弟[1]之流：

"对心理学者的训诫：切勿制造商贩心理学！千万不要为观察而观察！否则就会产生错误的观点，产生某种'恶习'，产生某种牵强附会的东西。硬想体验某事而去体验，绝不会成功。事发时是不可自审的，任何一瞥都会是变形的。天生的心理学家本能地提防为眼见而观看，天生的画家亦然。他从不临摹自然，而依靠自己的灵感自己的'暗箱'去筛滤去表达'案情''气质''经历'……他只意识到概要、结论、结果，而不熟悉对个别案情的任意推断。倘若另搞一套会有什么结果！譬如按照巴黎小说家那种办法，不就大办商贩心理学了吗？他们可谓窥伺现实，每天晚上报道一堆报闻猎奇。但瞧瞧结果是个什么样子哪……"（《水星》，1898 年 8 月刊第 371 页）

陀思妥耶夫斯基从不为观察而观察。在他，作品并非产生于对现实的观察，或至少不仅仅产生于此，但也不产

1　龚古尔兄弟：埃德蒙·德·龚古尔（Edmond de Goncourt, 1822—1896），儒勒·德·龚古尔（Jules de Concourt, 1830—1870），均为法国作家，历史学家。埃德蒙是著名龚古尔文学奖的创办者。

生于固有的想法。所以，陀氏的作品不是从理论构思出发的，而是浸沉在实际里，产生于思想与实际的会合，产生于这两者的混同（blending[1]，英国人语），思想与实际浑然一体，简直说不上哪个占上风，以至于陀氏小说最为现实主义的场景也是最富有心理学和伦理学意义的章节。确切地说，陀氏的每部作品是由思想通过实际孕育的产物。"这部小说的构思寓我三年之久矣。"陀思妥耶夫斯基1870年写道，他指的是《卡拉马佐夫兄弟》，但九年后才写成。他在另一封信中说："贯穿该书各部分的关键问题正是我有意无意为之痛苦了一辈子的问题：上帝存在！"

这个思想在他脑海久久漂游，直到与社会新闻相遇，在这种情况下总是由一件家喻户晓的诉讼案或一桩刑事官司这样的杂闻来使思想受精。只有在这个时候才可以说作品构思完成。"我所写的是一件有倾向性的事情。"他在同一封信中写道，当时谈及《群魔》，该书与《卡拉马佐夫兄弟》同时酝酿成熟。《卡拉马佐夫兄弟》也是一部有倾向性的作品。诚然，陀思妥耶夫斯基的作品并非无动机，"无动机"一词是指现今流行的意义而言的。陀氏的每本小说都是一种事实论证，可以说是某种辩护，或更确切地说是某

---

1 英语，意为"混合，折中"。

种讲道。如果我们敢于对这位了不起的艺术家求全责备，也许可说他太执着于证实了。咱们有言在先，陀思妥耶夫斯基从不强求影响我们的主张。他力求点拨开导，使某些隐秘的真理显露出来；他为这些真理目眩神迷，认为至关重要，很快我们也会认为至关重要：大概是人的精神所能达到的至理，并非抽象的真理，亦非超出人类之外的真理，而是私密的真理，隐秘的真理。从另一方面看，唯其如此，他的作品才免遭种种带倾向性的歪曲，这类真理，即陀思妥耶夫斯基的这些思想，始终服从事实，深深根植于实际。面对人类现实，他保持一种谦卑的态度，顺从的态度。他，从不强扭事件，从不歪曲事件；好像他把《福音书》的告诫归为己有的思想："因为凡要救自己生命的，必丧掉生命；凡为我丧掉生命的，必得着生命。"

在力图通过陀氏的著作追踪陀氏的某些思想之前，我想给你们讲一讲陀思妥耶夫斯基的工作方法。斯特拉克霍夫告诉我们，陀思妥耶夫斯基几乎专门夜间工作，他说："时近子夜，万籁俱寂，费奥多尔·米哈伊洛维奇·陀思妥耶夫斯基孤身守着茶炊，一边小口呷着不太浓的凉茶，一边工作到清晨五六点钟。他下午两点或三点钟起床，晚些时候接待客人，散散步或探望朋友。"陀思妥耶夫斯基不总是满足于"不太浓的凉茶",有人说他晚年放纵自己酗酒。还有人对我说,某天陀思妥耶夫斯基在工作室创作《群魔》,才智处于高度兴奋状态,多少是人为地濒临这种状态的。那天正逢陀思妥耶夫斯基夫人接待客人。费奥多尔·米哈伊洛维奇一副疑惧神态,突然出现在客厅,好些夫人聚集在那里,其中一位端着一杯茶献殷勤,不料他大声嚷道:"端着你们的臭茶统统见鬼去吧!"

你们一定记得圣雷阿尔那句简短的话,要不是司汤达硬拿来掩护自己的美学,很可能显得荒唐可笑:"小说是一面镜子,鉴以照之一路行去。"诚然,法国和英国的许多小说属于这个程式,诸如勒萨日[1]和伏尔泰的小说,菲尔丁和斯摩莱特[2]的小说……然而没有比陀思妥耶夫斯基的小说更远离这个程式的了。陀氏的小说和我上面列举的小说,乃至托尔斯泰本人或司汤达的小说截然不同,就像一幅画和一幅全景图之间的差别。陀思妥耶夫斯基"作画"时首先注重光线的分布,光线只来自一个辐射源……在司汤达和

---

1 勒萨日(Alain Réne Lesage,1668—1747),法国作家,著有小说《跛足魔鬼》《吉尔·布拉斯》等。

2 菲尔丁(Henry Fielding,1707—1754),英国小说家、剧作家,著有《约瑟夫·安德鲁斯》《弃儿汤姆·琼斯的历史》等;斯摩莱特(Tobias Smollett,1721—1771),英国小说家,著有小说《蓝登传》《皮尔克传》《斐迪南伯爵》等。

托尔斯泰的小说中，光线是恒定的，均匀的，漫射的：所有的物件由同一种方式配置明亮色彩，从各个侧面都可见到，根本没有阴暗部分。而陀氏著作恰如伦勃朗的画，尤为重要的正是阴暗部分。陀思妥耶夫斯基把人物和事件集结起来，投以强烈的光照，只从一个侧面使之突出醒目，每个人物都沉浸在暗部。我们同时发现陀思妥耶夫斯基奇特地需要集聚、集合、集中，在小说的全体成员中创造尽可能多的联系和相互关系。在他那里，事件的流动不像司汤达或托尔斯泰作品中那样缓慢和均匀，流程中总有那么一刻，旋涡迭起，事件纵横交错，盘根错节；旋涡中故事的因素——道德的、心理的、外部的——时而沉没时而重现，时而丧失时而复得。在他那里看不到任何简约，他好搞复杂，乐此不疲，并谙于此道。情感、思想、激情不纯粹地显现。他不孤立描写什么。我终于要评论陀思妥耶夫斯基的小说布局了，要评论他对人物性格的构思了，但请允许我就此问题先念几段雅克·里维埃尔的评论："小说家在脑子里构思人物时，有两种截然不同的手法：抑或一味使人物复杂化，抑或突出其结构的严密性；他要塑造的生灵，抑或可以任其扑朔迷离，抑或可以拨云见日，惟妙惟肖地向读者描绘；抑或藏之待时，伏兵待用，抑或不厌其详，和盘托出。"（《新法兰西评论》，1922年2月1日刊）

你们看得出雅克·里维埃尔出于什么想法了吧？那就是法国派小说家探幽发微，拨云见日，而有些外国作家，尤其陀思妥耶夫斯基，则尊重和保护其人物并藏之于密雾浓云。里维埃尔接着写道：

"不管怎样，陀思妥耶夫斯基最为关注人物的深度，有如深溪洞壑，精心策划峰回路转，使人感到深不可测。

"……

"我们则相反，每每面对人物内心的复杂性，随着我们千方百计再现其复杂性，我们本能地把它巧作安排。"

这已经非常严重了，但他还补充道：

"必要时，我们助上一臂之力，抹去分枝岔节，把几个模糊的细部加以描绘，其意义最有利于构成一个心理统一体。

"……

"总之，把通往深溪洞壑的路口统统堵死，这就是我们目前的倾向。"

我倒并非如此死死认定在巴尔扎克著作中就找不到几处深溪洞壑、悬崖峭壁和不可思议的幽邃，也不完全相信陀思妥耶夫斯基的深邃就像人们起先想象的那样不可思议。不妨给大家介绍巴尔扎克著作中一个深溪洞壑般的例子，你们看怎样？我是在《绝对的探求》中找到的。巴尔塔扎尔·克拉埃寻找点金石，表面上完全忘记了幼年所受的全部宗教教育。他醉心于探求，把虔诚的妻子约瑟芬丢弃一旁，而妻子为丈夫的自由思想提心吊胆。某天，她突然闯进实验室。门开后，穿堂风引起了爆炸。克拉埃夫人昏倒了……巴尔塔扎尔脱口喊出的那一声说明什么呢？这声喊叫突然再现了他幼时的信仰，冲破了思想的层层积淀："谢天谢地，你还活着！圣灵免你一死！"巴尔扎克点到为止，未作发挥。如果有二十人读这本书，肯定有十九个根本不会注意巴尔塔扎尔的失态，这一断层裂缝让我们隐约瞥见的深邃与其说未作阐明，不如说不可思议。实际上，巴尔扎克对此不感兴趣。在他，重要的是使其人物前后一致。在这一点上，巴尔扎克和法兰西种族的情感是息息相通的。因为，咱们法国人须臾不可离的正是逻辑。

　　我还可以说，不仅巴尔扎克《人间喜剧》的人物，而且我们活生生的人间喜剧人物，都表明我们全体法国人，只要我们还是法国人，总是自己勾画自己，按巴尔扎克的某个理想勾画自己。我们气质的前后不一致性，不管有多少，都使我们感到难堪、可笑。于是干脆不予承认，想方设法不予重视，把大事化小。我们每个人都意识到自己的单一性，自己的延续性；遗留在我们身上禁欲的东西、无意识的东西就像我们看到克拉埃身上突然再现的情感。我们之所以不能使其泯灭，至少说明我们是不断予以重视的。

我们一直就像我们设想作为人、作为信仰中的人所应当做的那样做事。我们大部分的行动并非出于我们喜欢，而是出于需要，我们需要模仿自己人，需要把我们的过去投射到未来上。我们为世系的延续性和纯洁性而牺牲真实，即真诚。

对此，陀思妥耶夫斯基为我们描述了什么？他描述的人物根本不把保持前后一致放在心上，乐于自相矛盾，对矛盾百出满不在乎，其本身的气质就能承受各种各样的否定。好像最使陀思妥耶夫斯基感兴趣的正是前后不一致。他非但不遮不藏，反而不断突出，为人物前后矛盾点拨疏导。

在陀氏的著作中肯定有许多未经阐明的东西，但我不认为有许多不可思议的东西——一旦我们接受了陀思妥耶夫斯基的开导，即人的身上并存着矛盾的情感。在陀氏著作中这种并存往往显得特别不合常情，以致把人物情感推至极端，甚至推到荒谬的地步。

我认为此处最好再强调一下，因为你们也许会想：我们对此并不陌生哪，不就是激情与义务之间的对抗嘛，高乃依的作品已显示过了。事情并非如此。高乃依笔下的法国英雄把自己投置于一个理想的楷模，使自己与楷模一致，希望自己成为这样的楷模，强迫自己成为这样的楷模，并非自然而然地成为楷模，并非天真未凿就可成为楷模。高乃依给我们描绘的内心对抗是在理想的人、典范的人和自然的人之间展开的，而英雄则竭力摈弃自然的人。总而言之，我觉得我们离儒尔·戈尔蒂埃[1]所称的包法利主义相去不远了：他根据福楼拜笔下的女主人公包法利夫人创造了这个理论，认为某些人倾向于用想象的生活使自己生活双重化，倾向于中止自己现实的人而成为自己所设想的人、所期望的人。

每个主人公，每个人，只要不离群索居，总是朝一个理想奋进，并且俯首听命于这个理想，都会成为人格两重性的典型，即包法利主义的典型。

我们在陀思妥耶夫斯基小说中看到的人物，即他向我们展示的双重人格典型，与包法利主义的典型是迥然不同的；也同病态典型毫不相干或关联甚少：病态典型相当常见，一个人物进入另一个人物，前者与后者交替出现，两组感觉的联合，两组回忆的联合是在互不通气的情况下形成的，很快我们发现同一个躯体包含两个不同的人格，两个寄宿的客人。两者各让其位，一先一后，轮流坐庄，互

1　儒尔·戈尔蒂埃（1858—1942），法国评论家，以提出包法利主义著称；他认为，人永远需要"设想自己是另一个人"，不断向自己说谎。

不相识。斯蒂文森在其精彩的魔幻故事《化身博士》[1]中给我们描绘了一个出色的典型。

然而，在陀思妥耶夫斯基的作品中，令人困惑的是双重人格并行不悖，每个人物都意识到自己前后不一致，意识到自己有二重性。偶有这样的情况，陀氏某个主人公被极其强烈的感情折磨时顿生疑虑，不知因为恨还是因为爱。两种对立的感情交集一身，难解难分。

"突然，拉斯科尔尼科夫觉得自己在恨索妮娅，但又对如此奇怪的新发现感到惊异，甚至惊恐，他猛然抬头，定睛端详姑娘。憎恨立即从他心头消失了。不是那么回事。他搞错了体验到的感情性质。"（《罪与罚》第二卷第 152 页）

关于个体对感受到的情绪所产生的这类误解，我们在马里沃[2]和拉辛的著作中也找得出几个例子。

有时候，某种情绪经过分夸大之后反而衰竭了，好像这种情绪的表达使表达者自己狼狈不堪，那样就谈不上感

---

1 斯蒂文森（Robert Louis Stevenson, 1850—1894），英国作家，著有小说《金银岛》《诱拐》《巴伦特雷的少爷》《海上夜谭》等。《化身博士》叙述哲基尔医生为探索人性的善恶，服用自己发明的一种药物，创造出一个名为海德先生的化身。他把身上所有的恶念都分给了海德。后来海德失去控制，杀人害命，闹得哲基尔焦头烂额，无法摆脱，最后自杀身亡。
2 马里沃（Pierre Carlet de Marivaux, 1688—1763），法国剧作家，写了三十多部喜剧，较著名的有《意想不到的爱情》《爱情与偶遇的游戏》《假机密》《考验》等。

情的二重性。但在陀氏著作中却别有一番天地。听听《少年》中的父亲维尔西洛夫说的话：

"说什么我人微言轻并为此愁肠百结……不对嘛。我知道我无比坚强。你会问，我的力量在何处？恰恰在于异乎寻常地适应一切人和一切事，我这一代聪明的俄国人高度具备这种能力。我岿然不动，坚如磐石，处之泰然。我有看家狗般顽强的生命力。我身上悠然自得地包藏着两种相反的情感，毫不勉强，自然而然地同时存在。"（《少年》第232页，参见附录一）

《群魔》的记叙者特意强调"我不负责解释相反情感的共处"，那么我们再听听维尔西洛夫的话吧：

"'我有一肚子的话，就是说不出来。我觉得自己一分为二了'，他审视了我们大家一番，脸色非常严肃，语气真诚，令人信服，'是的，真的嘛，我一分为二了，为此我真的害怕起来了。这感觉就像您的替身站在您身旁。您自己既聪明又通情达理，但另一个您却硬要干荒唐事。突然，您发现是您自己要干荒唐事。您竭尽全力抵制，却身不由己。我从前认识一个医生，他在父亲的葬礼上，在教堂里，情不自禁地吹起口哨来。我之所以今天没来参加葬礼，正因为我确信我会像那个医生那样吹口哨或失声大笑，况且那个不幸的医生下场相当凄惨。'"（《少年》第552页）

......

"维尔西洛夫当时没有想到任何固定的目标。突然，相反的情感狂风般打乱了他的心绪。我不认为在这种情况下是疯狂症发作，尤其今天，他一点儿也不疯魔。但我姑且认为是他的'替身症'。一名专家的新书证实了我这种说法……'替身症'标志严重的神经错乱的第一阶段，可能导致相当悲惨的结果。"（同上，第607页）

《群魔》奇怪的主人公斯塔夫罗金宣称："我能够，迄今一直如此，产生做好事的愿望，并为之感到快乐。但同时，我也想做坏事，并同样为之感到满足。"（《群魔》第二卷，第47页）我们在波德莱尔的书中也看到："任何人在任何时候都同时具有两种祈求，一种向往上帝，另一种向往撒旦。"（波德莱尔《私人日记》第57页）

我想借助威廉·布莱克的几句话来设法阐明这些明显的矛盾，特别关于斯塔夫罗金上述奇特的声明。但我把这一解释的尝试留到晚些时候进行。

第四讲

我们在上一讲指出，令人不安的二重性使陀思妥耶夫斯基的人物栩栩如生又无所适从。这种二重性促使拉斯科尔尼科夫的朋友在谈到《罪与罚》的主人公时说道："真的好像在他身上有两种对立的性格轮番显现。"

如果对立的性格只是轮番显现，那还算好，但我们发现它们经常同时显现。我们看到诸多矛盾的一时之兴，每当其中一种衰竭，可以说被其自身的表达和表现所贬低、所困顿，于是便让位于与之相反的一时之兴。主人公没有比他刚刚过分发泄其恨时更接近其爱，没有比他刚刚过分夸大其爱时更接近其恨。

我们发现每个人物性格，尤其女性，对自身前后不一的变化有一种惶惶然的预感。害怕不能长久保持同一种情绪和同一种决心，往往促使他们唐突地采取令人困惑的举动，《群魔》中的莉莎说："很久以来我就知道我的决心坚持不到一分钟，所以我当机立断。"

　　我打算今天探讨一下这种奇特的二重性所产生的后果，但首先想跟大家讨论这种二重性是实际存在的，还是只是陀思妥耶夫斯基凭空想象的。现实给他提供这方面的范例了吗？他是观察过有关的人性呢，还是耽于幻想？

　　奥斯卡·王尔德在《主旨》[1]中写道："自然是艺术品的写照。"

　　这个逆理悖论，他津津乐道，几次用似是而非的旁敲侧击加以阐述，概括起来说："你们注意到了吧，曾几何时，自然开始像柯罗的风景画了。"

　　他想说什么呢？无非是说，我们平时以约定俗成的方式看待自然，我们在自然中识别的正是艺术品教我们鉴赏的。一旦某个艺术家在其作品中显露和表达个人的视觉图景，他向我们提供的自然新面貌开始使我们感到离谱，不真挚，几乎奇形怪状，继而我们很快习惯以这种新艺术品的眼光观看自然了，我们在自然中识别了画家向我们指出

1　《主旨》（1891）是王尔德的散文集，共收四篇文章：《谎言的堕落》《杆笔，铅笔，毒品》《批评与艺术》《面具的真相》。他在《批评与艺术》中提出，错误在于把艺术视为模仿自然，而自然则一向徒然追求艺术和模仿艺术，有如我们企图把我们的行为吹捧伟大和高尚。王尔德特别强调艺术的纯粹，公开主张为艺术而艺术，是19世纪80年代英国唯美主义运动的主力。

的东西。就这样，对具有崭新和不同眼光的人来说，自然好像是艺术品的"写照"。

我这里所说的有关绘画的话也同样符合小说，即符合心理学的内心景象。现在我们依据公认的数据资料去生活，很快习惯按论据所解说、所劝说的那样去看世界了。多少疾病在没有披露时好像不存在似的！阅读陀思妥耶夫斯基的作品只促使我们认识存在于我们周围抑或我们身上多少奇怪的现象哪！多少病理的现象哪！多少不正常的现象哪！是的，一点不假，我认为陀思妥耶夫斯基打开了我们的眼界去认识某些现象，也许还不少呢，只因我们缺乏慧眼而未察觉罢了。

面对人类几乎每个成员所表现的复杂性，人们的注意力自发地、近乎无意识地倾向于简单化。

这正是法国小说家本能的努力：从个性中抽出论据，竭尽全力从某个人物风貌上识别清晰的线条，千方百计使其轮廓线持久相传。所以，不管是巴尔扎克还是别人，追求线型风格占了上风……

但我认为这恐怕是大谬不然，我担心许多外国人犯这样的错误，贬低和轻视法国文学中的心理分析，恰恰因为法国文学所表现的轮廓清晰性，从不空泛，没有阴影……

咱们不妨回顾一下，尼采倒是以特殊的洞察力承认和宣称法国心理学家卓尔不群，对其评价超过伦理学家和小说家，把法国心理学家誉为全欧洲的伟大导师。不错，我们在18、19世纪拥有无可比拟的心理分析家，我主要指伦理学家。我不能十分肯定今天的小说家比得上他们，因为我们法国人有一种坏的倾向，就是讲究程式，制造程序，然后按部就班，不求突破。

我已经注意到拉罗什富科虽然为心理学做出了不同寻常的贡献，但由于追求其箴言之完美，反而使心理学驻足不前。在此恕我毛遂自荐，引用我自己1910年写的文章，因为今天我说不出比当年更好的话：

"其时拉罗什富科敢于把我们心绪的波动归咎为自尊，这表明他拥有特殊的洞察力呢，还是说明他中止了更为中肯的探究，我把握不准。一旦程式找到了，人们便坚循不懈，两个多世纪里照本宣科。心理学家看上去最有经验，最不轻信，面对最高尚最辛苦的举动，善于最好地揭示自私的秘计。拉罗什富科由于固守成法，对人心深处的种种矛盾视而不见。我不非难他揭示'自尊心'，但责怪他停止不前，墨守成规，责怪他相信在揭示自尊心时自以为至善至终了。我尤其责备那些追随他而裹足不前的人。"（参见拙编《文选》第102—103页）

我们发现法国文学就整体而言存在令人难堪的缺陷，

甚至可以说发育不怎么健全。为此我想指出，儿童在法国小说中占据极少的地位，如果跟英国小说乃至俄国文学相比较的话。在我们的小说里几乎见不到儿童，法国小说家中写儿童的寥若晨星，而且他们笔下的儿童多半又是俗套的、笨拙的、无趣的。

相反，在陀思妥耶夫斯基的作品中，儿童比比皆是；甚至值得注意的是，陀氏大部分人物，包括最为重要的，都还年轻，未谙世事。好像使他尤感兴趣的，正是情感的萌生。他给我们描绘的情感往往还是依稀朦胧的，可以说还处在萌动肇始的状态。

陀思妥耶夫斯基特别关注那些令人困惑的案件，那些奋起向既存道德和心理挑战的人。显然，在这种流行的道德和普遍的心理中，他自己也感到很不自在。他自身的气质与某些被人们视为既存的规矩发生痛苦的对抗，因为他对既存的规矩是不可能感到满足和满意的。

我们在卢梭的作品中找得到同样的窘况和不满。我们知道，陀思妥耶夫斯基是患癫痫的，卢梭变成了疯子。晚些时候我要强调疾病在他们俩的思想形成中所起的作用。今天我们只说，在他们不正常的生理状态中，可以识别对信徒生理和信徒道德的某种反叛倾向。

人的身上，即使没有不可解释的东西，总还有尚未得到解释的东西吧。但我上面谈及的那种二重性一旦被大家接受，那么我们对陀思妥耶夫斯基用何等高明的逻辑演绎其结果定会叹为观止矣。我们首先要指出，陀氏人物中几乎全是一人多配偶，就是说，大概要使气质的复杂性更为充实，几乎所有的人物同时可以爱几个人。另一个结果，也可以说，出自同一公设的另一个系定理，就是几乎不可能产生嫉妒。陀氏人物不会也不能争风吃醋。

让我们先着重谈一下一人多配偶的情况吧。譬如，梅什金公爵同时喜欢阿格拉艾·叶潘奇纳和娜斯塔西娅·费利波芙娜：

> "我是全心全意爱她的。"公爵谈到娜斯塔西娅·费利波芙娜时说道。
>
> "但同时，您却向阿格拉艾·叶潘奇纳保证爱情。"
>
> "是呀，是呀！"
>
> "您瞧您，公爵，想一想您说的话，扪心问一下您自己……看得出来，她们俩，您从来谁也没爱过……怎么同时爱两个女人，爱两个各从其志的女人……太奇怪了！"（《白痴》第二卷第355—356页）

同样，两位女主人公各自也一心两用，也同时爱着两个男人。

你们记得德米特里·卡拉马佐夫吧，他夹在格鲁申卡和娜斯塔西娅·伊凡诺芙娜中间。你们还记得维尔西洛夫吧，他也一样。

我可以举出许多其他的例子。

可以设想，两种情爱中，一种是肉体的，另一种是神秘的。我以为此种解释过于简单了。总之，陀思妥耶夫斯基在此问题上从未尽抒己见，他诱导我们进行多种假设，但随后就弃之不管。只有在第四遍读完《白痴》以后，我才如梦初醒，现在已经一目了然，那就是叶潘奇纳将军夫人对梅什金公爵喜怒无常，而将军夫人的女儿、公爵的未婚妻阿格拉艾则心猿意马，这很可能因为两个女人无论哪一个（不用说尤其母亲）都觉察公爵的天性颇为神秘，又恰恰都不大肯定公爵能成为一个令人满意的丈夫。陀思妥耶夫斯基多次强调梅什金公爵的清心寡欲，正是这种清心寡欲使得将军夫人、未来的岳母惴惴不安：

"不管怎么说，有一件事情是肯定的，那就是只要他还能去见阿格拉艾，只要允许他跟阿格拉艾谈话，坐在她身边，跟她散步，他便心满意足了。谁知道呢？也许他一辈子都感到受用不浅哪。显而易见，要求如此低的痴情正悄悄使叶潘奇纳将军夫人坐立不安，她早已猜想公爵怀的是柏拉图式的爱情：有许多事情使将军夫人心惊肉跳，但她又说不清为何提心吊胆。"（《白痴》第二卷第266页）

我认为非常重要的一点还得强调一下：最无肉欲的爱情在此，正如常常在别处，是最强烈的。

我不想把陀思妥耶夫斯基的想法压下去，不认为上述两重爱情和无嫉妒心导向我们乐意平分秋色，至少不总是如此，也没有必要，而是导向弃情绝爱。在此问题上，陀思妥耶夫斯基再一次表现得很不直爽。

其实嫉妒问题一向是陀思妥耶夫斯基所关注的。在他的初期作品《别人的妻子》中，我们已经读到这样的逆理悖论：不应当把奥赛罗看作嫉妒的典型。也许是最好把他这个论断看作出于奋起反对流行思潮的急需。

但后来，陀思妥耶夫斯基又重提这个观点。他在晚期作品《少年》中重提奥赛罗时指出："维尔西洛夫一天对我说，奥赛罗杀掉黛丝戴蒙娜而后自杀并非出于嫉妒，而是因为人家夺走了他的理想。"（《少年》第285页）

真的是逆理悖论吗？最近我读柯尔律治[1]时发现了十分相似的论断，相似的程度令人怀疑陀思妥耶夫斯基也许读过。柯尔律治谈到奥赛罗时恰好说："嫉妒，我不认为是刺伤他的关键……应该看到，他的心上人在他眼里是个天使，崇拜的偶像；一往情深的他发现心上人并不贞洁，可鄙可恶，他心中焦虑，极度苦闷。是的，要摆脱挥之不去的爱，面对贞节的堕落，他气愤难平，懊恼不已，失声喊道：But yet the pity of it Iago, O Iago, the pity of it, Iago!（只能大致译为：唉，多么可惜呀！伊阿古，啊，伊阿古，多么可惜！）"

　　陀思妥耶夫斯基的人物不可能嫉妒吗？我也许要把话扯远一点，至少略加说明为好。我们可以说陀氏人物对嫉妒只有痛苦感，一种不包含仇恨其情敌的痛苦，这一点很重要。如果说在《永久的丈夫》中有忌恨，我们一会儿要提到的，那么这种忌恨由于对情敌抱有神秘和奇怪的爱而抵消了，甚至可以说令人肃然起敬。但在最常见的情况下确是根本没有忌恨，甚至没有痛苦。讲到这里，不由得使我们想起让·雅克[2]的感受，或是当德·华伦斯夫人对他的

1　柯尔律治（Samuel Taylor Coleridge，1772—1834），英国诗人，文艺批评家。著有诗集《抒情歌谣集》，长诗《古舟子咏》《忽必烈汗》《克丽司脱倍》等；文艺批评论著有《关于莎士比亚的札记和演讲》，纪德所引未注明出处，想必引自该论著。
2　指让·雅克·卢梭。

情敌克洛德·阿内宠爱有加时他却安然无事，或是当他想起德·乌德托夫人时，在《忏悔录》中写道：

"总之，不管我胸中为她燃烧的情感多么强烈，我对自己成为她的至交至亲至爱都感到温馨，我从来不把她的情人看作敌手，而总是看作朋友（此处指的是圣朗贝尔）。人家会说这算不上爱情，也罢，要不然就是爱过头了。"

陀思妥耶夫斯基在《群魔》中写道："斯塔夫罗金远没有嫉妒，反倒对情敌满怀友谊。"

我建议大家绕个弯子以便深入研究问题，就是说更好地理解陀思妥耶夫斯基的观点。最近我差不多重读了他的全部著作，看看陀思妥耶夫斯基怎样从一本书过渡到另一本书，觉得特别有意思。诚然，继《死屋手记》之后，很自然在《罪与罚》中写拉斯科尔尼科夫的故事，就是导致他流放西伯利亚的罪行史。更有意思的是细看《罪与罚》的最后几页如何为《白痴》埋下伏笔。你们记得，该书尾声时拉斯科尔尼科夫身处西伯利亚，精神状态却焕然一新，宣称他一生经历的全部事件对他来说已无关紧要：他的罪孽，他的悔恨，乃至他的殉道，在他看来好像是另一个人的故事。

"生活在他已经取代了推理，他一切凭着感觉活下去了。"我们在《白痴》一开始所见到的梅什金正处于这种状态，在陀思妥耶夫斯基眼里，这种状态可能是，没准儿就是最好不过的基督教徒的状态。我下文还要谈到。

看来陀思妥耶夫斯基在人的心灵建立起各种各样的层面，或干脆说识别出各异其趣的层面，即一种成层现象。我在他小说的人物中辨出三种层面，三个区域。第一是智力区，与灵魂渺不相关，但滋生着最坏的诱惑。按陀思妥耶夫斯基的说法，该区滋长奸诈的因素，凶恶的因素。现在我只关注第二区域，即情感区，遭受狂飙般的激情破坏区，但，不管狂风暴雨般的情欲因素多么悲壮，人物的灵魂根本没有受到影响。有一层更深的区域，激情是搅乱不了的。就是这个深层区使我们跟拉斯科尔尼科夫一起触及复活，我指的是托尔斯泰赋予这个词的意义，也就是基督所说的"第二次诞生"。梅什金就生活在这个区域内。

陀思妥耶夫斯基如何从《白痴》过渡到《永久的丈夫》，这是更有趣味的话题。你们一定记得《白痴》结尾时我们看到梅什金公爵待在娜斯塔西娅·费利波芙娜的床头，她刚被自己的情人，公爵的情敌罗戈吉纳杀害。两个情敌都在场，面面相觑，近在咫尺。他们会互相残杀吗？不！正好相反，他们抱作一团，放声痛哭，整整一夜守着娜斯塔西娅，在她的床边肩并肩地平躺着。

"每当罗戈吉纳发高烧，开始说谵语和胡乱喊叫，公爵立即把灼热的手伸过去，抚摸他的头发和面颊，百般安慰。"

这已经差不多是《永久的丈夫》的主题了。《白痴》写于 1868 年，《永久的丈夫》成于 1870 年。后者被某些文人视为陀思妥耶夫斯基的杰作，绝顶聪明的马塞尔·施沃布就有这种看法。是陀思妥耶夫斯基的杰作吗？也许言过其实了。但不管怎么说，确是一部精品，听听陀思妥耶夫斯基自己谈论此书倒蛮有意思的。1869 年 3 月 18 日他给朋友斯特拉克霍夫写道：

"我有一篇记叙要写，一篇不太长的记叙。三四年前，就是我兄弟死的那年就想写了，是回答阿波罗·格里戈里耶夫的，他在赞扬我的《地下室手记》时对我说：'再写点儿这种类型的东西吧！'但会变成形式上截然不同的东西，尽管内容始终如一。我永恒的实质……我可以很快把这篇记叙写出来，因为这篇东西对我来说每条线索、每句话没有不清晰的。一切的一切已经写在我的脑子里了，尽管只字未录在纸上。"（《书信集》第 319 页）

在 1869 年 10 月 27 日的一封信中，我们读到：

"这部中篇小说三分之二几乎完全写好和誊清，我尽力压缩，但办不到。关键不在数量，而在于质量。至于价值，我无可奉告，因为我自己也不清楚，让别人去评说吧。"

请听别人是如何评说的——斯特拉克霍夫写道：

"您的中篇小说在这里留下强烈的印象，我认为，取得了无可争议的成功。这是您的一部精品力作，就主题而言，是您迄今写下的最有意义的作品之一。我讲的是特鲁佐茨基的性格，大部分人读后不甚了了，但大家竞相阅读，爱不释手。"

《地下室手记》先于此书不久。我认为《地下室手记》处于陀思妥耶夫斯基创作生涯的顶峰，我把这本书看作陀氏全部著作的拱顶石，不只我一人持这种看法。但我们若谈此书必将进入智力区，所以我今天不跟你们深谈，还是抓住《永久的丈夫》待在激情区吧。这部小书只有两个人物：丈夫和情人。要说简约，也莫过于此了；故事本身或至少引发悲剧的缘由已经发生，如易卜生的戏剧那样。

维尔查尼诺夫已近不惑之年，过去的瓜葛在他本人眼里开始改变面目了。

"如今将近四十岁了，鱼尾般的皱纹已爬上眼角，明亮又善良的目光已近乎泯灭，眼睛所表达的，是玩世不恭的神情，就像那种放荡不羁的男人和看破红尘的厌世者，他的目光还常常包含诡谲，也包含嘲弄或某种先前未见过的新色调，某种忧愁和痛苦的色调，那种漫不经心的忧愁，仿佛目中无物而又幽深的忧愁。这种忧愁在他独处时尤其明显。"（《永久的丈夫》第7页）

维尔查尼诺夫身上究竟发生什么了呢？他不惑之年在生命的转折点发生了什么呢？年至不惑，痛快过来了，深谙世态，突然察觉我们的举动以及因我们的举动而引起的事件一旦脱离我们而去，可以说一旦抛入世间，仿佛推到海上的一叶轻舟，继续不以我们的意志为转移，乃至常常背着我们而存活。乔治·艾略特在《亚当·比德》[1]中对此有过出色议论。是的，维尔查尼诺夫亲身经历的事件在他看来已不完全是昔日那般情景了，就是说他猛然意识到自己的责任。其时他遇到从前的熟人：他曾占有过的女人的丈夫。这个丈夫以一种相当离奇的方式出现在他面前。不太看得出他究竟是回避维尔查尼诺夫呢，还是相反地正在寻他。他仿佛是从街石中间突然冒出来的。他神秘兮兮地游荡，在维尔查尼诺夫的住所周围转悠，先不让认出他来。

我不想给你们叙述整本书，也不讲当丈夫的帕维尔·帕夫洛维奇·特鲁佐茨基夜访之后，维尔查尼诺夫终于下决心拜访他。他们相互的立场从含糊逐渐确定下来：

---

1 乔治·艾略特（George Eliot，1819—1880），英国女小说家。小说《亚当·比德》讲木匠亚当·比德爱着农家女海蒂，而海蒂迷恋富家恶少亚瑟·道尼桑，被他诱奸。后来她在寻找亚瑟的途中分娩，因杀死婴儿而被捕，被判处流放。亚当·比德通过海蒂的悲剧，悟出人生的复杂和艰难，从而产生博爱的思想。

"请问，帕维尔·帕夫洛维奇，您不是单独住在这里吧？我进来时见到的小姑娘是谁？"

帕维尔·帕夫洛维奇神色惊异地耸了耸双眉，投以爽直而和蔼的目光，微笑着说：

"怎么？您问小姑娘？那是莉莎呀！"

"哪个莉莎？"维尔查尼诺夫结巴着问。

他突然觉得被什么东西震撼了一下，印象是突如其来的。刚才进屋见到孩子时有点诧异，但还没有任何预感任何想法。

"是我们的莉莎，我们的女儿莉莎呀。"帕维尔·帕夫洛维奇坚持道，仍笑容可掬。

"怎么……你们的女儿？娜塔莉娅……已故娜塔莉娅·瓦西利埃芙娜生过孩子吗？"维尔查尼诺夫问道，声音几乎哽住了，低沉而平静。

"当然啰……哦，我的上帝！对了，您哪能知道？看我脑子糊涂了不是？是您离开以后仁慈的上帝才降恩于我们的……"

帕维尔·帕夫洛维奇坐在椅子上焦躁起来，有些激动，但不失为和蔼。

"我根本不知道哇。"维尔查尼诺夫说，脸

变得刷白。

"确实，确实！您怎么会知道呢？"帕维尔·帕夫洛维奇口气变软了，他接着说，"已故的她和我，我们不抱希望了，您记得很清楚吧……忽然喜从天降！我的感受，只有上帝知道。上帝降福，正好您走后一年，不，不到一年吧……等一等！不妨算一下，我没搞错的话，您是十月或十一月离开的？"

"我离开T城是九月初，我记得非常清楚是九月十二日……"

"喔，是吗？九月份？嗨！……我的脑子就这么糊涂吗？"帕维尔·帕夫洛维奇十分惊讶，"这样的话，推算一下就知道了：您九月十二日离开，莉莎五月八日出生，咱们算算看，九月，十月，十一月，十二月，一月，二月，三月，四月，您走后差不多八个半月……要是您知道已故的她是多么……"

"让我见见孩子，去把她找来……"维尔查尼诺夫打断了他的话，自己的声音却哽住了。

维尔查尼诺夫就这样得知那场他没放在心上的露水夫

妻留下了痕迹，于是问题就产生了：丈夫知道吗？读者直至尾声仍满腹狐疑，陀思妥耶夫斯基是有意让我们堕入疑云的，正是这种疑惑折磨着维尔查尼诺夫。他心中没数呀。更确切地说，我们很快看出帕维尔·帕夫洛维奇是知道的，但装着不知道：恰恰为了折磨情人，他才巧妙地让情人疑云难消。

看待这部奇书可取这种方式，那就是：《永久的丈夫》通过描述真实和真诚的情感与习俗的情感作斗争，与通常和通用的心理作斗争。

怪不得维尔查尼诺夫惊呼："只有一个解决办法：决斗！"但我们察觉这是一种可悲的办法，满足不了任何真实的情感，只回答了徒有其表的荣誉观，这正是我上文谈到的一种西方观念，与此毫不相干。事实上我们很快明白帕维尔·帕夫洛维奇内心深处喜欢自己的疑忌。是真的，他喜欢和追求因忌妒而产生的痛苦。这种对痛苦的追求在《地下室手记》里已经起了很重要的作用。

关于俄国人，我们法国人跟着梅尔基奥·德·沃居埃子爵后面，大谈特谈"痛苦崇拜之宗教"。在法国，我们十分重视公式并经常运用公式。这是"使外国作家民族化"的一种方法，使我们可以把作家分门别类摆在橱窗里。法国人思想上需要按图索骥，一旦有了公式，就万事大吉，不查考不动脑筋了。尼采？——"噢，晓得，超人。铁面无情。生存不畏艰险。"托尔斯泰？——"不抗恶。"易卜生？——"北方的迷雾。"达尔文？——"人是猴的后代。生存竞争。"邓南遮[1]——"美的崇拜。"无法用一条公式归纳其思想的作家，就活该倒霉！广大读者接纳不下他们，所以巴雷斯心领神会，他想出"土地和死亡"这样的标签来包装其商品。

是的，我们法国人非常倾向于光说空话，相信该说的都说了，该有的都有了，一旦找到了公式，就不必再费心了。这样我们居然能相信我们取胜靠的是霞飞[2]的话："我蚕食他们"，或俄国"压路机"。"痛苦崇拜之宗教"一说，不应引起误会。这不涉及或至少不仅涉及他人的痛苦、普遍的痛苦，虽然拉斯科尔尼科夫为之顶礼膜拜，以至拜倒在妓女索妮娅的脚下，抑或佐西马长老拜倒在未来的杀人犯德米特里·卡拉马佐夫的脚下，而且涉及自身的痛苦。

维尔查尼诺夫在整个故事中一直盘问自己：帕维

---

1 邓南遮（Gabriele d'Annunzio, 1863—1938），意大利作家。著有短篇小说集《佩斯卡拉的故事》、《玫瑰小说》三部曲（《欢乐》《无辜者》《死的胜利》）；剧本《琪珴康陶》；回忆录《夜曲》。

2 约瑟夫·霞飞（Joseph Jacques Joffre, 1852—1931），法国元帅。第一次世界大战初任北部及东北部集团军司令，后任法国武装力量总司令，主张初而战略撤退，继而阵地坚守，终而全面反攻德国。此战俄国是英法的盟国，法国人希望俄国巨人牵制德国，起压路机的作用。

尔·帕夫洛维奇·特鲁佐茨基是忌妒还是不忌妒？他是知道还是不知道？荒唐的问题。当然，他知道啰！当然，他忌妒啰！但他把忌妒藏在心底，严加保护，他追求他喜欢因忌妒而引起的痛苦，正如我们发现《地下室手记》的主人公喜欢自己的牙痛。

我们几乎看不出忌妒的丈夫那种糟糕透顶的痛苦。陀思妥耶夫斯基只是间接让我们知道，让我们隐约觉察这种痛苦，那就是通过特鲁佐茨基使他周围的人遭受残酷的痛苦，从让小姑娘受苦开始，尽管非常喜欢她。小女孩的痛苦使我们能够衡量出他本人痛苦的强度。帕维尔·帕夫洛维奇折磨孩子，但又喜欢得不得了，对她恨不起来，正像对情敌维尔查尼诺夫恨不起来一样：

> "您知道莉莎对我来说意味着什么，维尔查尼诺夫？"特鲁佐茨基的喊问他仍记忆犹新，觉得那不是矫饰的举止，其伤心惨目是真诚的，是出于体贴，但心想，这个怪物怎能对他心爱的孩子如此残忍？难以置信！但他总是避开这个问题，躲开这个问题，而这个问题包含可怕的疑窦，某种不可忍受又难以解决的东西。

我们可以相信，特鲁佐茨基最为痛苦的恰恰是忌妒不起来，或更确切地说光知道痛苦而不知道忌妒，对于比他受宠的人忌恨不起来。他使情敌遭受痛苦，千方百计使情敌遭受痛苦，使女儿受尽痛苦，就像是某种神秘的平衡力量，抗衡着他自己陷入的苦恼和愁恨。然而，他想报复；并非他渴望为自己报仇，而是自忖他应该为自己报仇，也许对他来说那是摆脱疾恶如仇的困境的唯一的办法。我们看到通常的心理在这里重新抬头，压抑着真诚的情感。

"习俗无所不至，连爱情也不放过"，沃夫纳格[1]说过。（参见《沃夫纳格作品集》第 377 页:《箴言 39》）

你们一定记得拉罗什富科的箴言：

"有多少人若未听说过爱情就永远不会知道爱情呢？"

我们难道不能同样推想：有多少人若未听说忌妒，若不信应当忌妒，就或许不会忌妒呢？

诚然，习俗造成了大量的谎言。有多少人被迫一辈子扮演与他们自身截然不同的人物呢？某种情感未经前人描述和命名，未有先例在前，要我们从自身认出来会有多困难呀！对人来说，任何模仿比点滴创造要容易得多。多少人接受一辈子靠谎言畸形地生活，他们觉得不管怎样，跟

---

1 沃夫纳格（Luc de Clapiers Vauvenargues, 1715—1747），法国伦理学家、作家。

着习俗说谎比真诚地表明自己独特的情感更舒适更不费力气。表明自己独特的情感，这就要求他们具有某种创造性，而他们感到力不从心。

听听特鲁佐茨基讲的故事吧：

"喂，阿莱克西·伊凡诺维奇，今天早晨在车里想起一则非常滑稽的小故事，应该讲给您听听。您刚才谈到'扑上前搂脖拥抱的人'。您也许还记得谢门·佩特罗维奇·李夫佐夫到达T城的时间……您当时还在那边，记得吗？他有个弟弟，英俊的小伙子，跟他一样也住彼得堡，但在V省省长身边任职，非常受器重。一天，李夫佐夫在一个社交场合跟戈鲁宾科上校争吵起来，当时有不少夫人在场，其中有上校心爱的女士。戈鲁宾科感到深受侮辱，但强忍下这口气，没有吭声。不久，戈鲁宾科夺走了李夫佐夫的心上人，并要求跟她结婚。您猜李夫佐夫干了些什么？唏！他竟成了戈鲁宾科的至交，更有甚者，他请求担任婚礼的男傧相。成亲那天，他完成了自己的角色，但，当新婚夫妻接受了洞房祝福之后，他走近新郎表示祝福，热烈拥抱，但就在此刻，当着全体贵族，当着省长的面，这个李夫佐夫朝新郎腹部狠狠捅了一刀，戈鲁宾科应声倒下！自己的男傧相，居然是他！糟糕透了！但事情还没有完！好戏还在后面呢，那个仁兄捅完一刀之后左奔右跑，到处求救，'哎呀呀！我干了什么！哎呀呀！我干什么来着！'又哭又闹，张着双臂去搂每个人的脖子，包括夫人们在内。'哎呀呀！我干的好事！'真叫笑死人，哎呀呀！只有那个可怜的戈鲁宾科令人同情，最后他总算死里逃生。"

"我完全不明白您为什么给我讲这个故事。"维尔查尼诺夫冷冰冰地说，双眉紧锁着。

"只因那一刀哇。"帕维尔·帕夫洛维奇答道，仍然笑容可掬。

就这样，帕维尔·帕夫洛维奇自发的真实情感油然而生，正当维尔查尼诺夫出乎意料地肝病发作，他毫不迟疑地上前照料。

请允许我接着往下念一个精彩的场景：

"犯病的人刚躺下就入睡了。近日他自作多情，激奋不已，加上一整天马不停蹄，虚弱得像个孩子。但再次发作的疼痛战胜了疲劳和困倦。一个小时后，维尔查尼诺夫惊醒，起身坐在沙发上痛苦地发出呻吟。雷雨早已停止，房间里充满烟味，桌上的酒瓶空空的，帕维尔·帕夫洛维奇睡在另一张沙发上，直挺挺地躺着，衣服和靴子都没有脱，单片眼镜从口袋滑了出来，挂在丝带一端，几乎碰到地板。"（《永久的丈夫》第160—161页）

陀思妥耶夫斯基，当他把我们带入心理学最奇特的区域，则需要运用写实主义的细节描绘，以便极好地加强我们对虚构和想象的东西的实在感，这是很值得注意的。

维尔查尼诺夫痛得好难受，特鲁佐茨基立即上前精心照料：帕维尔·帕夫洛维奇全然不能自已，天知道为了什么！大惊失色，好像要救的是他亲生儿子。他自作主张，火烧火燎，坚持要给病人热敷，再加上猛喝两三杯淡茶，越热越好，要热得发烫才好。他跑去找玛芙拉，不管维尔查尼诺夫同意不同意，把她带到厨房，生上炉火，点燃茶炊。同时，他决定让病人躺下，帮他脱下衣服，给他盖上被毯。二十分钟后，茶准备好了，敷料也烧热了。

"这可管用啦……滚烫的盘子，滚烫滚烫的！"他热情而急切地说，一边把一只用毛巾包着的盘子敷在维尔查尼诺夫的胸上，"我们没有别的敷料，找起来太费事了……再说盘子，我可以向您保证，是最好不过的敷料。我亲自给皮特尔·库兹米奇做过试验……您知道，这病弄不好会死人的！喏，快把这茶喝下去，烫着您也活该啦！……要紧的是救您的命，不搞什么温良恭俭让了。"

他催促睡眼惺忪的玛芙拉，每隔三四分钟换热盘子。换下第三只盘子和一口气喝下第二杯滚热的茶后，维尔查尼诺夫顿时感到轻松了。

"一旦控制住病痛，那么，感谢上帝，就是好征兆。"帕维尔·帕夫洛维奇喊道。

他喜形于色地去取另一只盘子和另一杯热茶。

"要紧的是控制病痛！关键在于咱们能够消除病痛！"他不时重复道。

半个小时后，疼痛完全止住了，但病人疲倦至极，不顾帕维尔·帕夫洛维奇再三央求，硬是拒绝"再敷一只小盘子"。他无力地闭上双眼，低声咕噜道："睡吧！睡吧！"

"好吧，好吧！"帕维尔·帕夫洛维奇说。

"您也睡下吧……几点钟啦？"

"两点差一刻。"

"去睡吧。"

一分钟之后，病人又叫唤帕维尔·帕夫洛维奇。他立即跑过去，俯下身子。

"噢！您……您比我好哇！……"

"谢谢。睡吧，睡吧！"帕维尔·帕夫洛维奇低声道。

他踮着脚很快回到自己的沙发。

病人听到他轻手轻脚铺被褥，脱衣服，吹蜡烛，屏着呼吸躺下，尽量不打搅他。(《永久的丈夫》第162—164页）

然而一刻钟后，维尔查尼诺夫好生奇怪，发现以为他熟睡的特鲁佐茨基正俯在他身上准备杀害他哩。

没有任何犯罪预谋，虽然，"帕维尔·帕夫洛维奇想杀他，但不知道自己想杀他。这是不可理解的，但确是如此"，维尔查尼诺夫暗自盘算。(《永久的丈夫》第172页）

但维尔查尼诺夫对自己的想法并不满足。

"这是真诚的吗？"过了片刻他又犯疑起来，"这是真诚的吗？这一切的一切……特鲁佐茨基昨天对我说他对我情意笃深时，下巴颤抖不已，拳头捶胸，这真诚吗？"

"是的，完全真诚，"他自问自答，进一步进行无序的分析，"他相当的愚蠢而又相当的宽厚，完全可能喜欢上妻子的情人，以至二十年间对其行为毫无指摘！他器重我长达九年，一直怀念着我，对我的谈吐念念不忘。昨天他不可能说谎的。昨天他对我说：'咱们清一清账吧！'难道不是爱我吗？完全是的，他又爱我又恨我，这是千般万种爱中最强烈的爱。"（《永久的丈夫》第172页）

总而言之：

"其时他只是不知道这一切以亲吻结束，抑或以拔刀见红告终。喏！解决的办法有了，最好的办法，真正解决的办法，是亲吻和拔刀见红双管齐下。这是最合乎逻辑的办法！"（《永久的丈夫》第174页）

我之所以久久停留在这本小书上，是因为它比陀思妥耶夫斯基其他小说更容易把握，使我们在我刚才给你们讲到的深区那边触及恨和爱，该区并非情爱的场所，激情达不到，但又是非常容易非常简单就可以探测的。我觉得叔本华所指的就是这个区域，他说这是人类一切连带责任感汇集的区域；在这里人的极限烟消云散了，个体感和时间感无影无踪了。总之，陀思妥耶夫斯基正是在这个区域寻求并找到了幸福的秘密。欲知详情，且听下回分解。

第五讲

上一讲我谈到陀思妥耶夫斯基似乎把人格区分出三个层或区，即三个沉积层：智力区，激情区，深层区；激情区是智力和激情波及不到的深层区之中介。

这三个层面当然不是截然分开的，甚至没有特定的界限，但三者不断互相渗透。

上一讲中，我给大家论述了中介区，即激情区。就在这个区域，就在这个层面淡出戏剧，不仅陀思妥耶夫斯基的书是如此，整个人类的戏剧皆是如此。我们能够马上发现初看上去逆理悖论的东西：激情无论多么动荡和强烈，归根结底，无关宏旨，抑或至少可以说，灵魂深处没有被触动；事件没有震撼灵魂，"引不起灵魂的兴趣"。有鉴于此，最好的例子莫过于战争。有更好的事例吗？有人对我们刚经历的可怕战争进行调查，询问文人学士战争有什么重要性，询问他们觉得战争产生了何种道德反响，战争对文学有何影响，等等。回答十分简单：影响缺缺，或影响甚微。

先看一看帝国战争[1]。设法发掘帝国战争在文学上的反响，找找看人类灵魂因帝国战争发生了什么变化……诚然有一些拿破仑时代的应时诗，就像现在有许多乃至太多关于最近这次战争的应时诗，但有什么深刻的反响呢？有什么根本的变化呢？没有！不是一个事件能引得起深刻的反响和根本的变化，不管事件多么重大多么富于悲剧性！相反，法国大革命就不一样了。我们所涉及的不单单是外部事件，确切地说不是意外事件，可以说不是外伤。这里，事件产生于人民自身。孟德斯鸠、伏尔泰、卢梭对法国大革命的影响是巨大的，但他们的著作写于大革命之前。他们准备了这场革命。我们在陀思妥耶夫斯基的小说中看到同样的情形：思想不是尾随事件，而是先导事件。往往从思想到行动，激情应当起中介作用。

然而，我们在陀思妥耶夫斯基的小说中看得到智力因素有时直接触及深层区。而深层区绝非灵魂的地狱，正相反，是灵魂的天堂。我们在陀思妥耶夫斯基的著作中看到某种价值神秘的颠倒，伟大的英国神秘主义诗人威廉·布

1　即拿破仑帝国发动的诸多战争。

莱克就这种颠倒已经作过描述，我上文已向大家交代了。按陀思妥耶夫斯基的想法，地狱相反倒是表层区，即智力区。综观他的全部著作，只要稍微有点内行的眼光，在阅读过程中，我们就会发现智力的贬值，并非有意的贬值，而是几乎非本意的贬值，一种福音主义的贬值。

陀思妥耶夫斯基从未明确表示，但却暗示，与爱对立的并非恨，亦非脑的反刍。智力对他来说恰恰是使自己个体化的东西，对抗上帝的天国，对抗永恒的生命，对抗置身于时间之外的真福，这一切只有摈弃个体而投入浑然一体的相互依存中才能获得。

下面援引一段叔本华的文章，想必对我们有所启发：

"于是他明白施虐者和受虐者之间的区别只是一种现象，没有触及自在之物，没有触及寓于两者的意志：意志，由于被按自己命令行事的智力捉弄，自轻自贱，在自己两个表象之一中寻找更多的满足，必定引起另一个表象更多的痛苦；意志一时冲动之下，用牙猛撕自己的肉，却不知道由此伤害的总是它自己，从而通过个性的中介表现出与他寓藏在胸的自己所发生的冲突。迫害者和被迫害者是同一的。前者错以为不会分担痛苦，后者错以为不会分担罪责。如果两者都能睁开眼睛，施虐者会承认，在这广袤的人世间他自己就寓于一切受苦受难的人心底，而受苦人若理智健全，就百思不得其解为了什么目的来到世上，活受他不承认应受的苦难；而受虐者也会懂得世上所犯下的或未犯下的一切罪孽，皆来自同时也构成他自身本质的意志，他是表现本质的现象，根据这种现象和现象的确认，他承受一切由此而产生的苦难，并应该理所当然地是受苦难，继续充当意志多久就忍受多久。"（引自叔本华《作为意志和表象的世界》第一卷第566—567页；参见康塔居泽纳译本）

然而，这种悲观主义，有时在叔本华的著作中可能显得近乎逆理悖论，而在陀思妥耶夫斯基的著作中却变成强烈的乐观主义。陀氏让《少年》中的一个人物代言道："给我三次生命吧，我还会觉得不够哩。"（《少年》第78页）

我想带着你们一起进入陀思妥耶夫斯基为我们描绘的或让我们隐约看见的真福境界，他的每本书中都会出现这种境界，届时个体局限感以及时光流逝感一并消失了。

"此时此刻，我似乎明白了使徒的真言妙语，时间将不存在了。"（《白痴》第298页）

不妨读一下《群魔》中很有说服力的一段对话：

"您喜欢孩子吗？"斯塔夫罗金问道。

"喜欢。"基里洛夫回答，样子颇为无动

于衷。

"那么您也热爱生活啰？"

"是的，我也热爱生活。您惊异吗？"

……

"您相信阴间存在永恒的生命吗？"

"不！但相信人间存在永恒的生命。有些时刻，是的，您觉得时间会突然停止，让位于永恒。"（《群魔》第二卷第256页）

我还可以援引许多许多，但以上引言准保足够了。

我每次阅读《四福音书》，都惊异于再三反复出现的两个词："ET NUNC"（从此时起）。想必陀思妥耶夫斯基也为之莫名惊诧：基督所允诺的真福、真福境界即刻可以达到，倘若人类灵魂自我否认，听天由命：ET NUNC……

永生不是，抑或不仅是未来的事情，倘若我们今生今世达不到，那就没有希望在来生来世达到。

关于这个问题，不妨援引马克·卢瑟福[1]出色的《自传》片段：

"上了年纪我才明白一味追求未来是多么疯狂，还有所

---

1 卢瑟福（Ernest Rutherford, 1871—1937），英国物理学家，诺贝尔化学奖获得者（1908）。

谓未来的威力，以及把幸福日复一日地推迟或提前，是多么愚蠢。我终于学会重视眼前的生活，尽管已经有点太晚了；终于学会理解现在的太阳和未来的太阳同样光辉灿烂，学会不再一味为未来自寻烦恼。但在年轻的时候，我却是幻想的牺牲者，总幻想为这种或那种理由修身养性，以至在风和日丽的六月早晨，想象着更加晴朗明丽的七月早晨。

"对于永生不死一说，我不想说赞成也不想说反对，我只想说，人没有这种学说照样能活得幸福，甚至在多灾多难的时期；总把眼睛盯着永生不死，把它当作人间行为的唯一原动力，那是异想天开的疯狂，使我们大家一辈子误入歧途，陷入痴心梦想不能自拔，以至于死期将至时，连一小时的清福都没有充分享到。"（译自英文）

> 我会情不自禁地喊出："永生与我何干，要不是时刻意识到永恒！我要永恒的生命而不具备时刻对永恒的意识！从此时此刻起永恒的生命就可能常驻我们的身心。我们切身体验永恒的生命，一旦我们甘心情愿弃绝我们自己的生命，自觉自愿地死亡，那么这种弃绝立即使生命在永恒中复活。"

这里既没有嘱咐也没有命令，只是基督在

《福音书》中到处向我们揭示的至福之奥秘。基督还说："你们若了解这些事情，你们就是幸福的。"就在此刻马上我们就能加入至福。

多么清静！此处时间真的停止了，此处时间显示出永恒。我们进入上帝的天国。

是的，此处正是陀思妥耶夫斯基思想神秘的核心，也是基督精神的核心，即幸福之非凡的秘密。个体在弃绝个体性中获胜：酷爱自己生命的人必将失去生命，保护自己个性的人必将失去个性；但弃绝生命的人将使生命真正充满活力，确保其永恒，不是未来永恒的生命，而是从现在起即刻进入永恒。在整体的生命中复活，忘却一切个人幸福！哦！完美的回归！

这种对感觉的褒扬和对思维的贬抑最好的勾画莫过于《群魔》的一个片段，就是接着刚才我给大家念的那段文字之后：

"您看上去很幸福。"斯塔夫罗金对基里洛夫说。

"我很幸福，确实的。"基里洛夫承认道，口气好像是作最平常的回答。

"但不久前您还心情恶劣，跟利普季纳恼气，不是吗？"

"嗯！此刻我不再抱怨了。当时我还不明白我是幸福的。有时您注意到一片叶子，一片树叶吗？"

"当然。"

"最近，我见到一片叶子，黄黄的，但有几处还保留着绿色，周边则枯烂了。风把它刮跑了。我十岁的时候，冬天有时我故意闭上眼睛，想象一片绿色的树叶，叶脉纹理清晰的树叶，一个灿烂的太阳。我睁开眼睛，以为在做梦，美极了，于是我又闭上眼睛。"

"这说明什么呢？有象征意义吗？"

"噢，不……为什么是象征呢？我的话没有寓意，我只是话说树叶。树叶美丽，一切皆好。"

……

"您何时获知您的幸福？"

"上星期二，或者确切地说是星期三，从星期二到星期三的夜里。"

"在何种情况下？"

"不记得了，是偶然发生的。我在房间里踱来踱去……没有什么啊。我拨停挂钟，其时两点三十七分。"（《群魔》第一卷第 257—258 页）

你们会问，如果感觉战胜思维，如果心灵只应该有这种空漠的状态，只应该处于待机而动的状态，任凭外部影响的摆布，那么除了混乱无序还能有什么结果呢？有人对我们说，那就是陀思妥耶夫斯基学说必然的结果，最近又有人经常这样唠叨。讨论陀氏学说会使我们走得很远，因为我要是向你们断言，陀思妥耶夫斯基没有把我们引向无政府主义，而只引向福音，我便能预测到我的话所引起的抗议。这里我们有必要统一意见。福音书所包含的基督教义通常只通过天主教会对我们法国人传播，只经过教会驯化。而陀思妥耶夫斯基对教会，尤其对天主教会深恶痛绝。他声称直接地唯一地从《福音书》中接受基督的教导，这恰恰是为天主教所不容的。

他的书信有许多段落是反天主教会的。非难之强烈之武断之感情用事，我都不敢援引，但每次重读陀思妥耶夫斯基，我就更加明白和理解他的非难，总的印象就更深刻：我找不到其他作家像他这样既信奉基督教又反对天主教的。

"正是如此，"天主教徒们嚷嚷，"我们向您多次讲明了嘛，您自己好像也明白了嘛：《福音书》、基督的圣训被孤立起来理解必然把我们引向混乱无序，因此恰恰需要圣保罗，需要教会，需要整个天主教。"

我随他们说去。

照这么说，陀思妥耶夫斯基即使不把我们引向混乱无序，至少也要引向某种佛教境界，某种寂静主义。况且，我们将看到，在正统派教徒眼里，那还不是陀氏唯一的异端邪说。陀思妥耶夫斯基引我们远离罗马（我说的是通谕[1]），也引我们远离世俗荣誉。

"说到底，公爵，您是正人君子吗？"陀氏的一个人物讯问梅什金，而梅什金正是陀氏主人公中最能体现他的思想的，确切地说最能体现他的伦理观的，至少他在写《卡拉马佐夫兄弟》之前是如此，其时他还没有给我们描绘阿辽沙和佐西马长老那种上品天神般的形象。那么他向我们推荐什么呢？一种静修的生活？一种只有爱的生活？在这种生活中人摈弃一切智力和一切意志？

也许在那样的境地找得到幸福，但在那里陀思妥耶夫斯基没有看到人的终结。远离祖国的梅什金公爵一旦达到那个至高的状态，立即感到迫切需要回国；当年轻的阿辽

1　系指罗马教皇给各地区主教的通谕。

沙向佐西马长老坦白他暗想在寺院了其一生，佐西马劝他说："离开这所修道院吧，你到那边更有用处：你的兄弟们需要你哪。"

"不是强拉他们离开人世，而是使他们避开魔鬼。"基督曾说。

我注意到《圣经》的大部分译文把基督上述真言译成："不是强拉他们离开人世，而是使他们避免邪恶。"这就不是一回事了。这一发现使我们可以着手论及陀思妥耶夫斯基著作中魔鬼附身的一面。我所举的这句话确属新教教义的译文。新教教义倾向于不重视天使和魔鬼。我经常试探性地询问一些新教徒："您相信魔鬼吗？"这样的问题每每引起某种惊愕。我常常发现被问的新教教徒根本没想过这个问题。但末了总是这么回答我："当然啰，我相信有邪恶。"当我进一步追问，对方最终承认，没有善行就有邪恶，正如不见光明即出现黑暗，这样就差以毫厘，失之千里。明明《福音书》多处暗示有一种魔鬼的力量，实在的，现时的，个别的；绝非"使他们避免邪恶"，而是"使他们避开魔鬼"。魔鬼的问题，我敢说，在陀思妥耶夫斯基的著作中占据重要的位置。有些人准保把他看成摩尼教徒[1]。我们知道伟大的异端鼻祖摩尼[2]承认世间两个本原：善的本原和恶的本原，同样都是积极的、独立的本原，同样都是不可缺少的本原，由此摩尼的学说直接与查拉图斯特拉的学说联系在一起。我们已经能够看出，对此我特别强调，因为这是最重要的一个问题：陀思妥耶夫斯基让魔鬼寓居之地不在人的低层区，尽管人的全身各处都可供魔鬼栖息，都能成为魔鬼的猎物，而他让魔鬼占据脑区，只要人的最高区依然是智力区。在陀思妥耶夫斯基看来，魔鬼对我们极大的诱惑是智力诱惑，即给我们提出问题。我不认为自己离题万里，若首先考虑人类拖了很久而终于提出的一向为之焦虑的问题："人是什么？人从哪里来？到哪里去？人出生以前是什么？死亡之后又会怎样？人能企求什么真理？"或更确切地问："什么是真理？"

1　摩尼教：波斯人摩尼于公元 3 世纪创立的宗教。宣传善恶二元论：以光明与黑暗为善与恶的本原，光明王国与黑暗王国对立，善人死后可获幸福，而恶人则须堕入地狱。公元 7 世纪末传入中国，也叫明教、末尼教、明尊教。公元 9 世纪初在洛阳、太原敕建摩尼寺。后被严禁，但仍秘密流传，曾被一些农民起义用作组织形式。摩尼教教义残经曾在敦煌发现，已刊于《敦煌石室遗书》中。

2　摩尼（约 216—约 276），一译牟尼。波斯人，吸取祆教、基督教、佛教等创立摩尼教，宣传善恶二元论，自称最后的"先知"。被波斯王放逐，浪迹东方各国，如印度北部和中国西部。约 270 年冒险回国，几年后被波斯王下令处死。但他死后摩尼教却广为传布。

然而尼采提出一个崭新的问题，一个与其他问题截然不同的问题，并非插入其他问题的问题，亦非推倒或代替其他问题的问题，此问题也包含尼采本人的焦虑，一个导致尼采精神错乱的焦虑。这个问题就是："人有何能？一个人有何能？"这个问题夹杂着可怕的感知：人原本可能是另一种东西，人原本可以能干，还可以更能干；人可耻地停留在第一阶段，不顾自身的完善。

　　确切地说，尼采是不是第一个提出这个问题的呢？我不敢肯定，没准儿对尼采思想形成的研究会给我们揭示他早发现在希腊人和文艺复兴时期的意大利人那里已经提出过这个问题，然而在意大利人那里这个问题很快找到了答案，并急于把人推进实用范畴。这个答案，他们在行动和艺术作品中寻找并找到了。我想到了亚历山大·波尔吉和恺撒·波尔吉[1]，想到了弗雷德里希二世（西西里岛的弗雷德里希）[2]，想到了达·芬奇，想到了歌德。他们都是创造者，卓尔不群的人。对于艺术家和对于活动家，超人的问题不成其为问题，抑或至少很快得到解决。他们的生命本

1　亚历山大·波尔吉（1431—1503），二十五岁任主教，后任教皇（1495—1503）；恺撒·波尔吉（1476—1507），亚历山大·波尔吉之子，十六岁任主教，后弃教从戎，多处任公爵。
2　弗雷德里希二世（Friedrich Ⅱ，1194—1250），三岁被封西西里国王，十八岁登基为日耳曼大帝（1212—1250）。

身和他们的作品就是直接的答案。当问题悬而未决时，焦虑便产生，或甚而至于一旦问题在先，答案远居其后，也是如此。深思熟虑的人以及有想象而无行动的人是烦恼不堪的，我再给大家援引一下威廉·布莱克："有欲望而无行动的人散发臭气。"尼采正是被这种恶臭毒死的。

"一个人有何能？"这个问题实属无神论者的问题，陀思妥耶夫斯基完全明白，这是对上帝的否定，必然导致对人的肯定："没有上帝吗？那么，那么……一切都许可了。"我们在《群魔》中又在《卡拉马佐夫兄弟》中读到这些话。

"倘若上帝存在，一切取决于上帝，在其意志之外我一无所能。倘若上帝不存在，一切取决于我，那我就有责任表明我的独立性。"（《群魔》第二卷第336页）

如何表明他的独立性？这就产生了焦虑。一切都许可了。许可什么？一个人有何能？

每当我们在陀思妥耶夫斯基的书中看到他的某个人物提出这个问题，我们便可确定过不多久将见到该人物垮台。我们最先发现拉斯科尔尼科夫，因为他首次萌发这个想法；而在尼采，这种想法就变成超人之虑。拉斯科尔尼科夫写了一篇颇为颠覆性的文章，阐述道：

"人有平凡和不平凡之分：平凡的人应该唯唯诺诺地生活，无权违法，就因为他们平平常常；不平凡的人有权犯各种各样的罪和违各式各样的法，就因为他们极不平常。"

以上的文字至少波尔费尔认为可以概括拉斯科尔尼科夫的文章。

"不完全如此，"拉斯科尔尼科夫开腔了，语气爽直而谦虚，"不过我承认您差不多复述了我的思想，如果您乐意的话，甚至可以说，非常确切……"他吐出这几个字时好不受用，"只是我没有说过，像您所理解的那样，什么不平凡的人绝对有权在任何时候犯各种各样的罪恶行为。要不然我想书报审查也不会让这种倾向的文章得以发表的。我只不过说了这样的话：'不平凡的人有权允许自己的良心越过某些障碍，但只在实现其思想所必需的情况下，因为其思想可能有益于全人类。'

"……

"我记得很清楚，接下来我的文章强调指出，立法者和人类的向导，从最古老的开始，无一不是罪犯，因为在制定新法律的同时，他们为此违犯了旧法律，而其时社会依然忠实地遵守祖宗传下的法律。

"说白了，几乎所有的施恩者和大发明家都是残暴可怖的。因此，不仅所有的伟人，而且所有稍微高出一般水平的人，只要能说得出一些新东西的，根据他们固有的性质，必定都是罪犯，当然其程度有所不同罢了。不然，他们很难打破常规，而墨守成规，他们则肯定不能同意的。窃以为，他们的义务本身就不允许他们循规蹈矩。"（《罪与罚》第一卷第309页和310页）

顺便提请注意，拉斯科尔尼科夫不顾自己的职业，始终是信教的。请听：

"您信上帝吗？请原谅我的好奇心。"

"信的。"年轻人重复道，他抬头望着波尔费尔。

"嗯……也相信拿撒勒人耶稣基督复活吗？"

"相信，您为什么问我这些？"

"您不折不扣相信吗？"

"不折不扣。"（《罪与罚》第一卷第 312 页）

有鉴于此，拉斯科尔尼科夫不同于陀思妥耶夫斯基笔下的其他超人。

"于狮于牛同样的法则，那就是压迫。"让我们记住布莱克书中的这句话。

然而，拉斯科尔尼科夫提出问题而不用行动去解决，仅仅从这件事本身可见他实在不是超人。他的失败是彻底的。他无时无刻不为意识到自己平庸而困扰。为了向自己证明他是个超人才逼迫自己走向犯罪。

"一切皆备，"他思忖，"只要敢就行。有朝一日真理明亮得像太阳，向我显示了，我真敢了，就杀人了。我只决意表现胆量。"（《罪与罚》第二卷第 163 页）

晚些时候，在犯罪之后，他补充道：

"倘若要重新来过，也许我不会再干了。但那样我就急于知道我是像其他人那般的卑鄙小人，还是真正意义上的人，我是否自身有力量跨越障碍，我是哆哆嗦嗦的人，还是理直气壮的人。"（《罪与罚》第 163 页）

尽管如此，他不接受自己失败的想法。他不承认敢干是错的。

"正因为我失败了，我便是可怜虫。如果我成功了，人

家就给我编织花冠，而如今我只配与狗为伍了。"（《罪与罚》第 272 页）

继拉斯科尔尼科夫之后，还有斯塔夫罗金或季里洛夫，伊凡·卡拉马佐夫或《少年》的主人公。

陀氏每个知识分子人物的失败同样在于他认为智者差不多没有行动的能力。

《地下室手记》是陀思妥耶夫斯基的小部头作品，写于《永久的丈夫》之前不久。我觉得这本小书标志着陀氏生涯的高峰，是陀氏著作的拱顶石，抑或陀氏思想的线索。在这部著作中我们看得到"光思想而不行动的人"的方方面面，从而离所谓"行动必须以智力平庸为前提"的主张只有一步之遥。

《地下室手记》这本薄薄的书从头至尾只是一篇内心独白，而我们的朋友瓦莱里·拉博[1]最近声称《尤利西斯》的作者詹姆斯·乔伊斯是这种叙述形式的创造者未免大胆了一点。这就忘了陀思妥耶夫斯基，甚至忘了爱伦·坡，尤其忘了布朗宁；当我重读《地下室手记》时我不由自主地想起布朗宁。我觉得布朗宁和陀思妥耶夫斯基一下子就把内心独白推至这种文学形式所能达到的多元而精巧的完美。

1　瓦莱里·拉博（Valéry Larbaud, 1881—1957），法国诗人，小说家，评论家。

我把这两个名字联系在一起也许使某些文人学士惊讶，但不可能不把他们联系在一起呀：由于不仅在形式上而且在内容上极其相似，不能不令人刮目相看。布朗宁的某些内心独白，我特别想到 *My Last Duchess*（《我最权威的公爵夫人》），*Porphyria's Lover*（《波尔菲丽娅的情人》），尤其 *The Ring and the Book*（《指环和书》[1]）中蓬皮丽娅丈夫的两次证言，另一方面陀思妥耶夫斯基在《作家日记》中写过一篇精彩的小故事，题为 KROTKAÏA（《腼腆的女人》，我记得这部著作最新的译文用的就是这个标题）。然而比他们作品的形式和创作方法更使我把布朗宁和陀思妥耶夫斯基联系在一起的，我想是他们的乐观主义，这种乐观主义与歌德的乐观主义只有很少的相同之处，但使他们俩同时接近尼采和伟大的威廉·布莱克，对这几位我得多说几句。

确实，尼采、陀思妥耶夫斯基、布朗宁和布莱克正是同一星座的四颗明星。我在很长时间里对布莱克不甚了了，但最近终于发现他了，似乎立刻在他身上认出"小熊星座"

---

[1] 《指环和书》为无韵体叙事诗，共十二章。内容大概是，五十岁的穷伯爵圭迪娶了十三岁的蓬皮丽娅，小姑娘不甘受虐待，同一个年轻的教士私奔之后生下一个男孩。伯爵带人于圣诞节之夜在罗马杀死蓬皮丽娅和她的养父母，经法庭审讯，两次出庭做证后，仍被判死刑。作者布朗宁擅长心理描写，是最早采用意识流创作方法的代表之一，在英国诗史上堪称一种创新。

的第四星，恰如天文学家在发现星座以前很久就能觉得出某个星体的影响并确定其位置，可以说很久以来我就预感到了布莱克。是否等于说他的影响很大呢？不，正相反，据我所知，他没有起过任何影响。甚至在英国时至近日布莱克仍名不见经传。这颗星星非常明净非常遥远，其光泽刚开始照射我们。

布莱克最有意义的作品是《天堂与地狱的婚姻》[1]，一会儿我给大家引几句，我觉得这个作品能使我们更好地理解陀思妥耶夫斯基的某些特点。

我刚才给大家引布莱克的那句话出自《地狱箴言》中的某些警句，如"有欲望而无行动的人散发臭气"，可以作为陀思妥耶夫斯基《地下室手记》的题词，另外又如："别指望死水里有鱼。"

《地下室手记》的主人公（如果我可以如此称呼的话）宣称："19世纪的行动家是没有个性的人。"在陀思妥耶夫斯基看来，行动家应该是才智平庸之辈，因为高傲的智者是作茧自缚的。智者从行动中看到的是某种妥协，思想的限止。投入行动的人在智者的感召下将会产生皮埃尔·斯

---

1 《天堂与地狱的婚姻》发表于1793年，是继《法国革命》(1791)之后的又一力作。诗人以先知的口吻关注革命理想，憎恨基督教道德，拒绝宗教教条，讴歌神话中的人道主义。

泰帕诺维奇以及斯麦尔佳科夫这类人物，在《罪与罚》中陀思妥耶夫斯基尚未把思想家和活动家分离。

智者不行动，而促使行动。我们在陀思妥耶夫斯基好几部小说中都找得到人物之间这种奇特的分配，这种令人不安的关系，这种神秘的默契：一方是有思想的人，另一方在他的感召下仿佛替他把思想化为行动。你们记得伊凡·卡拉马佐夫和斯麦尔佳科夫吧，记得斯塔夫罗金和皮埃尔·斯泰帕诺维奇吧：前者称后者为他的仿效者。

陀思妥耶夫斯基最后的作品《卡拉马佐夫兄弟》中思想家伊凡和仆从斯麦尔佳科夫之间奇特的关系，可以说早在他第一部长篇小说《罪与罚》中已经有了伏笔，这难道不耐人寻味吗？他在《罪与罚》中谈到某个费尔卡，即斯维里加伊洛夫的用人悬梁自尽，并非因为遭到主人的毒打，而是为了逃脱主人的嘲笑。他说，"这是个多愁多虑的人"，属于明理的用人，"他的伙伴们声称他读书读糊涂了"。（《罪与罚》第二卷第10、24页）

所有下属人员、"仿效者"仆从以及所有替知识分子行动的人都对智者恶魔般的优势表示倾倒和崇敬。在皮埃尔·斯泰帕诺维奇的眼里，斯塔夫罗金的威信是极端的，而知识分子斯塔夫罗金对下属斯泰帕诺维奇的蔑视同样是极端的。

"您要我向您说出全部真相吗？"皮埃尔·斯泰帕诺维奇说，"听我说，这个想法片刻前在我脑子里完全形成（所谓想法系指一起可恶的谋杀）。是您亲自向我建议的，漫不经心地提出的，确实不假，只是逗弄我，因为您不会一本正经向我提出这个建议的。"

"……"

话说到火头上，皮埃尔·斯泰帕诺维奇走近斯塔夫罗金，抓住外套翻领（也许故意这么做），但斯塔夫罗金猛出一拳打在他的胳膊上，迫使他放手。

"喂！您这是干什么？当心哪，您会打断我胳膊的。"（《群魔》第二卷第 222—223 页）

同样，伊凡·卡拉马佐夫对斯麦尔佳科夫会有相似的粗暴行为。再引《群魔》下文中的一段话：

"尼古拉·弗谢洛多维奇，您说话呀，就像您在上帝面前那般说话：您到底有罪还是无罪？我发誓，一定相信您的话，就像相信上帝的话，我将伴随您直到世界的尽头，啊，是的，我跟您形影不离，像狗似的跟随您……"（《群

魔》第二卷第 230 页）

最后再引一小段：

"我是个小丑，我知道，但我不愿意您也是个小丑，因为您是我最好的一部分。"（《群魔》第二卷 232 页）

有知识的人很高兴统治别人，但同时又被这个别人激怒，因为别人把他笨拙的行为看作自身思想的漫画。

陀思妥耶夫斯基的书信向我们提供其作品尤其是《群魔》的创作情况，我个人一直认为这部奇书是这位伟大的小说家最精彩的力作。我们从中看到一种非常奇特的文学现象。陀思妥耶夫斯基原计划写的书与现在我们读到的书有相当大的不同。在创作过程中，一个起初几乎没有想到的人物突然占据他的思绪，逐渐占了首位，把原先应是主要人物的角色撵走了。他 1870 年 10 月从德累斯顿写道：

"从未有过一部作品如此叫我费力。

"起初，就是说去年夏末，我认为这事已经研究停当，布局好了，我踌躇满志。后来灵感真的上来了，突然喜欢上这部作品，爱不释手，并着手把原先写的划掉。今年夏天突然出现另一种变化：一个人物涌现后企图成为小说真正的主人公，以至于原先的主角不得不退居二线。原先的主角是很有意思的，但不大配得上主人公的称号。新的主

人公叫我喜不自胜,立即再一次从头修改作品。"(《书信集》第384页)

其时他全神贯注的新人物是斯塔夫罗金,陀氏笔下最离奇最可怕的人物。斯塔夫罗金在小说接近尾声时将有自白。况且,陀思妥耶夫斯基的每个人物多半在这时或那时道出自身性格的主要特征,经常以最出乎意料的方式脱口而出。下面就是斯塔夫罗金的自画像:

"没有任何东西让我依恋俄罗斯,在俄国我到处感到自己是局外人。说实话,这里(瑞士)比任何其他地方更使我觉得生活令人难堪,甚至在这里我要恨都恨不起来。然而,我考验过自己的力量。您劝我这样做的,为了学会认识我自己。在这类考验中,在所经历的全部生活中,我极大地表现为强者。但强者的力量有何用处?我从来不知道,时至今日仍不清楚。一如既往我能够感受做好事的愿望,并由此感到欣慰。除此之外,我也愿意做坏事,并由此同样感到满足。"(引自《群魔》尾声)

这个声明在陀思妥耶夫斯基眼里是极其重要的。我们下次,在最后一次演讲中将重新论述该声明的第一部分:斯塔夫罗金对祖国毫无依恋。我们今天只谈使斯塔夫罗金无所适从的双重诱惑力。波德莱尔说:"一切人同时具有两种祈求:一种向往上帝,另一种向往撒旦。"

其实，斯塔夫罗金所珍爱的，是精力充沛。我们不妨向威廉·布莱克请教如何解释斯塔夫罗金这种神秘的个性。"精力是唯一的生命。精力是永恒的快悦"，布莱克早就说过了。

请大家再听几则布莱克的格言：其一，"过分之道通向明智之宫"；其二，"疯者若一味坚持其疯，会成为智者"；其三，"只有对过分有过体验的人方知足够"。布莱克颂扬力量充沛，其表达形式是多种多样的："狮的吼叫，狼的嗥叫，狂澜的翻腾，利剑的锋芒，皆是永恒的巨大碎片，人的眼睛难以承受。"

再念几句布莱克的格言："雨水池蓄水，泉水池溢水"；"发怒的虎比识途的马更明智"。最后，《天堂与地狱的婚姻》卷首的思想，陀思妥耶夫斯基似乎并不清楚，但却占为己有了："没有对立物就没有进步：引力与斥力，理智与冲劲，爱与恨，同样都是人生存中所需要的。"下文较远处他还说："人世间现在有，将来还会有两种对立的祈求，永远敌对的祈求。企图调和两者，势必摧毁人生。"

对威廉·布莱克的《地狱箴言》，我情不自禁加上本人发明的两则格言："怀着高尚之情感做出蹩脚之文学"；"没有魔鬼的协作就没有艺术可言"。是的，真的，一切艺术作品都是各种机缘的交会，抑或你们乐意的话，可以说是天堂与地狱的结婚戒指。威廉·布莱克对我们说："弥尔顿在描绘上帝和天使时缩手缩脚，而在描绘魔鬼和地狱时则无拘无束，究其原因，他是个真正的诗人，站在魔鬼一边自己却不知道。"

陀思妥耶夫斯基苦恼了一辈子，既痛恨罪孽又认为罪孽必不可少。所谓罪孽，我同时是指痛苦。读他的书，我不由想起农地主人的寓言："仆人说：'你要我们去（把稗子）薅出来吗？'主人说：'不必，容稗子和麦子一齐长，等着收割。'"[1]

我记得两年多前有机会会见瓦尔特·拉特瑙[2]，他到一个中立国家来看我，跟我一起度过两天，我问他对当今事件的看法，特别对布尔什维克和俄国革命的看法。他回答我说，当然他对革命者所犯下的种种滔天罪行深恶痛绝，觉得太可怕了……"但是，相信我说的话吧，"他说，"一个民族只有陷入水深火热、处于罪孽深渊才能觉醒，同样，个体亦然，只有陷入水深火热、处于罪孽深渊方能良心发现。"他接着说："正因为不肯认同苦难和罪孽，美国才没有灵魂。"

1　典出《新约·马太福音》(13：28—30)。
2　瓦尔特·拉特瑙 (Walther Rathenau, 1867—1922)，德国政治家，1922 年出任外交部长，不久被暗杀。

这些话启发我对你们说，当我们看到佐西马长老跪在德米特里面前，拉斯科尔尼科夫跪在索妮娅面前，他们不仅对人类苦难躬身顺从，而且对罪孽俯首帖耳。

我们可不要误会陀思妥耶夫斯基的思想。即使陀氏明白了当提出超人的问题，即使我们看到超人的问题隐隐约约在陀氏每本书中重现，我们再一次发现的只是福音真言的彻底胜利。陀思妥耶夫斯基只在个体弃绝自身的情况下才看得到和想得出灵魂得救，但另一方面，他又向我们暗示当人们抵达苦海彼岸时便更接近上帝。届时才能迸发这样的呐喊："上帝啊！我们投奔谁啊！你掌握着永生的真言。"

他知道，这声呐喊不是出自人们可以期待的正人君子之口，不是出自一向清楚投奔何处的人之口，不是出自自以为对得起自己和对得起上帝的人之口，而是出自不知投奔何处的人之口。马尔姆拉多夫曾对拉斯科尔尼科夫说："您明白这是什么意思吗？您明白'走投无路'这几个字的含义吗？不，您还不明白啊！"（《罪与罚》第一卷第21页）拉斯科尔尼科夫只有超越自身的苦难和罪行，乃至超越惩罚，只有退出人类社会，才能面对福音。

今天我给大家讲的一切也许有点含糊，但陀思妥耶夫斯基也有责任哪。正如布莱克所说："文化开辟笔直畅通的道路，然而艰难曲折的道路却是天才所创造的。"

不管怎么说，福音真言一点也不含糊，陀思妥耶夫斯基对此是深信不疑的，我也如此，这是关键所在。

第六讲

剩下要讲的东西还有许多，又很重要，我感到不堪重负。也因为我常常在这里假借陀思妥耶夫斯基来阐述本人的思想，这你们一开始就看清了。为此，倘若曲解了陀思妥耶夫斯基的思想，我深感歉意，但充其量我像蒙田所说的蜜蜂，在所喜欢的陀氏著作中寻找适合于我酿蜜的东西。一帧肖像无论怎么像模特儿，总差不多同样像画家。最了不起的模特儿想必是让人找到各种各样的相似之处，为尽可能多的人提供肖像。我试图绘制陀思妥耶夫斯基的肖像。我感到他有汲之不尽的相似点。

我想对前面的演讲做大量修改，为此也感到不堪重负。但我连一次修改都没有做过，尽管每次立即感到漏说了，并向大家答应加以补讲。上星期六就是一例，我本想给各位解释何以见得"怀着高尚之情感做出蹩脚之文学"和"没有魔鬼的协作，就没有艺术可言"。这在我看来是不言而喻的，但你们可能觉得离谱，因此需要加以解释。顺便说一句，我非常讨厌逆理悖论，从不追求一鸣惊人，但若没有颇为新鲜的东西可讲，我决不会硬来到大家面前发议论的。新鲜的东西总是显得出格的。为了帮助大家接受这条真理，我不揣冒昧，建议大家注意两个人物，其一是圣方济各，其二是安吉利科。后者之所以能够成为伟大的艺术家，只因其艺术，尽管多么纯洁无邪，毕竟是艺术，必定允许魔鬼协作。我举人类艺术史上无疑最纯正的人物作为最有说服力的例子。没有魔鬼的参与就没有艺术作品。圣者，不是安吉利科，而是方济各。圣人中没有艺术家，艺术家中也没有圣人。

艺术作品好比盛满香膏的玉瓶，马利亚尚未抹用过的[1]。有鉴于此，我上一讲给大家引过布莱克的警句："弥尔顿在描绘上帝和天使时缩手缩脚，而在描绘魔鬼和地狱时则无拘无束。究其原因，他是一个真正的诗人，站在魔鬼一边自己却不知道。"

一切艺术作品要站得住靠三足，就是使徒所说的三

1　参见《新约·路加福音》（7：36—48）。有罪的女人用香膏抹主："……那城里有一个女人，是个罪人，知道耶稣在法利赛人家里坐席，就拿着盛香膏的玉瓶，站在耶稣背后，挨着他的脚哭。眼泪湿了耶稣的脚，就用自己的头发擦干，又用嘴连连亲他的脚，把香膏抹上。"事后耶稣对这个女人说："你的罪赦免了。"

欲："眼红，肉欲，轻生。"你们记得拉科代尔[1]的话吗？当他做完出色的布道，人们纷纷向他庆贺时，他说："魔鬼早在你们之前向我道贺了。"魔鬼准不会对他说他的布道妙极了，根本没有必要对他说此话，假如魔鬼没有亲自协助布道的话。

德米特里·卡拉马佐夫援引了席勒的《欢乐颂》后，大声说：

"美，是多么可怕可恶的东西呀，是一种令人惊心动魄的东西。那是魔鬼与上帝搏斗的场合，战场即人心嘛。"（《卡拉马佐夫兄弟》第三卷第 3 页，根据德语译本）

大概任何艺术家都没有像陀思妥耶夫斯基这般在自己的作品中把魔鬼打扮得如此美丽动人，除了布莱克，此公在结束绝妙的小书《天堂与地狱的婚姻》时，说过这么一段话：

"这个天使现在变成了魔鬼，是我的挚友：我们经常在一起阅读《圣经》，从恶毒的或毒辣的含义上阅读，世人将从《圣经》发现这种含义，如果自己行为端正的话。"

同样，我给大家援引了威廉·布莱克最惊人的几则《地狱箴言》就离开了演讲厅，但我马上意识到我漏了向

---

1 拉科代尔（Lacordaire，1802—1861），天主教神父，自由派多明我会领袖之一。

大家宣读《群魔》的一整段文字，而正是这段话促使我援引威廉·布莱克。现在请允许我弥补这个遗忘。况且，在《群魔》这个片段中，你们可以欣赏各种不同成分的融合（以及混同），这我在前几讲中已经试图向大家点明了。首先你们可以欣赏的是乐观主义，即对生活的野性热爱（这在陀思妥耶夫斯基全部著作中是屡见不鲜的），对生命、对世界、对布莱克所谓的"充满快乐的大千世界"野性的热爱，在这样的世界上同时生存着老虎和羔羊。

"您喜欢孩子吗？"斯塔夫罗金问道。

"喜欢。"基里洛夫回答，样子颇为无动于衷。

"那么您也热爱生活啰？"

"是的，我也热爱生活。您惊异吗？"

"可是您决意开枪自杀，对吗？"

［我们同样看到德米特里·卡拉马佐夫也乐极生悲，一时欣喜狂热，准备自杀。］

"嘿！为什么把两件截然不同的东西混同起来？生命是存在的，死亡是不存在的。"

……

"您看上去很幸福，基里洛夫？"

"我很幸福，确实的。"基里洛夫承认道，口气好像是作最平常的回答。

"但不久前您还心情恶劣，跟利普季纳怄气，不是吗？"

"嗯！此刻我不再抱怨了。当时我还不明白我是幸福的……人之不幸，只因为不明白自己是幸福的，仅此而已。一旦明白自己是幸福的，立即变得崇高起来。一切皆好，这是我突然发现的。"

"倘若有人饿得要死，倘若有人强奸幼女，这也好吗？"

"是的，对于明白一切已是如此的人来说，一切皆好。"（《群魔》第一卷第 256 页）

请大家不要误解这种表面上的残忍，这在陀思妥耶夫斯基的作品中是屡见不鲜的。这种残忍属于无为主义[1]的一部分，酷似布莱克的无为主义。陀氏的无为主义促使我认为陀氏的基督教更接近亚洲而不是接近罗马，尽管陀思妥耶夫斯基在其作品中承认力的冲动。而布莱克对力的冲动

---

1 又译寂静主义，系17世纪基督教内的一种神秘主义教派。纪德认为陀氏思想更接近老庄。

更加颂扬备至，这与其说接近东方，不如说更接近西方。

然而布莱克和陀思妥耶夫斯基两人对福音真言都太着迷了，弄得目眩神迷，以至都不承认这种残忍是短暂的，是某种盲目所引起的一时结果，就是说必定消失的。

如果只向大家介绍布莱克表面残忍的一面，那就等于背弃他。我给你们援引了他那些触目惊心的《地狱箴言》，相形之下，我真想给大家念念他的诗，如《天真之歌》，也许是他最美的诗，但怎么敢翻译如此流畅的诗呢？他在诗中宣告和预言，狮子的威力将只用来保护孱弱的羔羊和看护羊群。

我们再往下念《群魔》这段惊心动魄的对话，基里洛夫补充道：

"他们不好，因为他们不明白自己是好人。一旦他们明白了，他们就不再会强奸幼女了。应当让他们明白自己是好人，届时他们无一例外，都会变成好人。"（《群魔》第一卷第258页）

对话继续下去，我们将发现人神这个奇特的思想。

> "这么说，您是明白的，您是好人，是吗？"
>
> "是的。"

"在这点上，不用说，我是同意您的意见的。"斯塔夫罗金皱着眉头低声说。

"对人家说他们是好人的人将使世界完美。"

"已经这样做的人被他们钉死在十字架上了。"

"他还会来的，并将成为人神，名垂史册。"

"神人吧？"

"不，是人神，有区别的。"

继"神人"而来的"人神"的想法，把我们重新引向尼采。在这里我还想对"超人"学说做一点修改，并反对一种被滥用、被轻率认同的见解。尼采的超人之所以用"要冷酷些"作为座右铭，从而经常被引用和误解，是因为尼采是用来克己的，并非冷酷待人。这有助于我们区分拉斯科尔尼科夫和基里洛夫隐约发现的超人。尼采主张超越的人性是他自己的人性。概括起来说，尼采和陀思妥耶夫斯基从同一个问题出发，推出不同的乃至相反的解决问题的办法。尼采力主肯定自我，从中看出生活的目的。陀思妥耶夫斯基则推崇忍耐。尼采预感顶峰之处，陀思妥耶夫斯基只预见有垮台之虞。

这个看法是我在一位男护士的信中读到的，他太谦逊，不让我指出他的尊姓大名。那是在大战[1]最黑暗的时期，他目睹的只是难忍的惨痛，耳闻的只有绝望的呻吟，于是他写道："唉！倘若他们善于奉献自己的痛苦该多好哇！"

这声呐喊言犹在耳，我以为再加评论是多余的，最多用《群魔》的一句话与其对照："当你用自己的眼泪浇灌大地，当你用自己的眼泪做礼物送人，你的愁恨即刻便会烟消云散，你将感到无限的安慰。"（《群魔》第一卷第148页）

我们在这里已经非常接近帕斯卡尔"彻底和甜蜜的忍耐"了。

这种忍耐使得帕斯卡尔惊呼："快乐！快乐！快乐的眼泪。"

这种快乐状态我们在陀思妥耶夫斯基那里屡见不鲜，它正是《福音书》向我们引荐的，也正是我们得到基督称之为新生时所进入的状态；这种至福只有当我们弃绝个体自身时才能获得。因为正是对我们自己的依恋阻挡着我们进入永恒，进入上帝的天国，妨碍着我们具有与宇宙生命融为一体的感受。

这种新生的首要效果是使人回归儿童的原始心态："你们进不了天国，如果你们不变得像小孩那样。"借此我给大

1　系指第一次世界大战。

家引拉布吕耶尔的一句话："小孩没有过去，不知未来，他们只顾当前。"这是成人做不到的。

"此刻，"梅什金对罗戈吉纳说，"我觉得明白了使徒不同凡响的话：'时间将不再存在。'"

这种立刻进入永生，我给大家说过，《福音书》中屡见不鲜地出现"ET NUNC"（从现在起），已经向我们点破了。基督所说的欣悦状态是一种即将状态，并非未来状态。

"您相信在另一个世界永生吗？"

"不，但相信在这个世界永生。有的时刻，到达时间突然中止的时刻，从而也就达到永恒。"

《群魔》接近尾声时，陀思妥耶夫斯基又提起基里洛夫所达到的那种奇特的欣悦状态。

不妨念它一段，可以使我们更深入地理解陀思妥耶夫斯基的思想，论述一条极为重要的真理，正是我最后要向大家交代的。

"有的时刻，只延续五六秒钟，突然觉得永恒的和谐出现在眼前。这个现象既非尘世的亦非天国的，但这是裹在尘世中的人所无法消受的。必须肉体起变化抑或死亡。这一感觉是清晰的，无可争议的。您仿佛觉得一下子与整个大自然相接了，您会说：啊！真是如此！神创造天地时，每天创造完毕，《圣经》上就说：'神看着是好的。'[1]这……这不是感动，而是欣悦。您不原谅什么，因为不再有任何东西可原谅了。您也不爱什么，噢！这情感已超过爱了！最了不得的是，这情感显现明晰夺目，您整个身心充满欣悦。如果这样的状态持续五秒钟以上，心灵就抵挡不住，就得消亡。在这五秒钟，我经历了整个人生，为此我情愿献出自己的全部生命，即使付出如此代价也在所不惜。为了经受得住十秒钟，必须脱胎换骨。我认为，人类应当停止繁殖。为什么生儿育女，为什么繁衍发展，既然目的已经达到？"

"基里洛夫，您时常遇到这种状况吗？"

"每三天一次，或每周一次。"

"您不患癫痫吧？"

1　见《旧约·创世记》。

"不。"

"那么您会患上癫痫的。留神哪，基里洛夫，我听说这玩意儿恰恰是如此开始的。一个癫痫患者给我详细描绘过犯病前的感受。听您叙述时，我便想起他说的话。他也跟我谈起五秒钟的状况，对我说无法经受更长时间。记得穆罕默德的水罐吧：正当罐子的水向外流时，先知骑马进入天堂。罐子，就是您那五秒钟状况；天堂，就是您那和谐。穆罕默德是患癫痫的。您得当心，别也患上癫痫，基里洛夫。"

"恐怕来不及了。"工程师回答时淡然一笑。

（《群魔》第二卷第 303 页）

在《白痴》中，同样我们听到梅什金公爵把他所经受的欣悦现象归于身患癫痫。

总之，梅什金是癫痫患者，基里洛夫是癫痫患者，斯梅迪亚科夫是癫痫患者。陀思妥耶夫斯基的巨著中每一部都有个患癫痫的，我们知道陀思妥耶夫斯基本人就是癫痫患者。他三番五次把癫痫引入小说，足以使我们看清他让该病在其伦理的形成中、在其思想的轨迹中所起的作用。

在每次重大的伦理改革之初，如果我们探幽发微，总可找到生理上某种小奥秘，肉体上某种缺陷，心理上某种不安，或某种先天不足。此处，很抱歉，我得引用我自己的文章，但不重复同样的文字，可以同样直截了当把相同的事情讲清楚。

一切重大的伦理改革，尼采称为一切价值观念的蜕变，很自然是由于某种生理平衡而引发的。在富足安逸之下，思想闲散；只要思想处在满足状态，就不可能主动改变闲情逸致，我指的是改变体内状况，并非身外或社会状况，因为要改变后者，改革家的动机就全然变样了；前者有如化学家，后者有如机械师。一项改革之初，总是人心惶惶的，而改革者的心神不宁是一种内心失去平衡的惶惶然。改革的密度，改革的态度，改革的价值观念，在向改革者提出时与他本人的感受是不一样的，他的工作是把这一切重新协调一致，因为他渴望某种新的平衡。他的作为只不过是根据其理智、其逻辑、其内心紊乱而重新组合的试验，因为在他，违抗的状态是不可容忍的。当然我不是说只要精神不平衡就可以成为改革者，但我坚持说，一切改革家首先是精神不平衡的人。（《纪德文选》第 101 页）

窃以为，在向人类提出新价值评估的改革家中找不到一个不患有先天缺陷的，先天缺陷是皮内－桑格勒的说法。此公写过一本大逆不道的书，题为《耶稣基督的疯魔》，倾向于否定基督和基督教的重要性，论证基督是个疯子，患有先天生理缺陷。

穆罕默德是癫痫患者，以色列的先知们是癫痫患者，路德和陀思妥耶夫斯基也是癫痫患者。苏格拉底有精灵附身[1]，圣保罗肉体上有神秘的刺[2]，帕斯卡尔面临深渊[3]，尼采和卢梭以发疯告终。我讲到这里，我知道有人会说："这不新鲜，正是隆布罗佐或诺多[4]的理论：天才必是神经官能症患者。"不对，不对，别急于对我的话下结论，请允许我强调说明在我看来异常重要的一点：有的天才体魄健壮，英姿勃勃，譬如维克多·雨果，他享有的内在平衡不会给他引发任何新的问题。卢梭若不发疯没准儿只是个艰涩难懂的西塞罗。别来对我们说："多遗憾他是病人！"要是他没病，他就不会千方百计解决其反常给他带来的问题，也不

1　苏格拉底主张"美德即知识"，知识的对象是"善"，而善或为快乐的生活或为禁欲克己的生活。他深信一生为某种精灵所护佑和支配。

2　参见《圣经·哥林多后书》（12：7）。圣保罗所得的启示："恐怕我因所得的启示甚大，就过于自高，所以有一根刺加在我肉体上，就是撒旦的差役要攻击我，免得我过于自高。"

3　帕斯卡尔晚年兴趣转向神学，从怀疑论出发，认为感性和理性都不可靠，从而得出信仰高于一切的结论。他主张"微妙的精神"（直觉）优于"几何的精神"（演绎），通过直觉才能洞察宇宙，晚年时常感到有如面临万丈深渊。

4　隆布罗佐（Lombrozo，1835—1909），意大利犯罪学家；诺多，法国心理学家、社会学家，生卒年不详。

会想方设法找回不排斥杂音的和谐。诚然，有些改革家身体极好，但他们是立法者。享有完全内在平衡的人很可能带来改革，但那是人身之外的改革：改革家确立法规。至于反常者则相反，他逃避预先确立的法规。

陀思妥耶夫斯基了解到自己的病情后，设想一种病态，自己在一个时期带着这种病态，注入他笔下某个人物不同形式的生活。在这种情况下，我们看到《群魔》中的人物基里洛夫就是小说全部情节的基础。我们知道基里洛夫要自杀，并非他应当马上自杀，而是他打算自杀。为什么？我们要等到小说接近尾声时才知道。

"您要自杀的念头是一时的兴致，我感到莫名其妙，"皮埃尔·斯泰帕诺维奇对基里洛夫说，"您在跟我联系之前已经策划好了。您第一次谈及这个计划，不是向我，而是向我们在国外政治避难的同道披露的。另外请注意，他们中间谁也没逼您说出如此的秘密，甚至当时谁也不认识你。是您自己心血来潮说出来的。嗨！有什么办法呀，人家认真对待您自发的提供，根据您的意愿确定某项行动计划，是您自己情愿的，请注意这一点，现在可没办法改变

了。"(《群魔》第二卷第 332 页)

基里洛夫的自杀是毫无意义的,我的意思是说他的自杀动机不是外在的。世上荒谬绝伦之事莫过于利用"无所为而为"的行为做挡箭牌。我们不妨议论一下。

基里洛夫自从打定主意自杀,对一切漠不关心,他处在离奇的思想状态,以利于其自杀,因为该行为尽管无意义却并非无动机,所以对别人犯的罪行无动于衷,非但不指责,还能替人受过,至少皮埃尔·斯泰帕诺维奇是这样想的。

皮埃尔·斯泰帕诺维奇想以其策划的罪行,约束以他为首的同谋们。他认为每个谋反的成员一旦参与密谋反叛必有同罪感,谁也不能也不敢洗手不干了。

——谁去杀人呢?

皮埃尔·斯泰帕诺维奇犹豫不定。关键是要替死鬼自告奋勇站出来。

谋反的同道们聚集在一间公用的堂屋,讨论时提出一个问题:"此刻,我们中间会不会有告密的？"会场立即吵闹起来，乱作一团，大家七嘴八舌，莫衷一是。

"先生们，假如有告密的话，"皮埃尔·斯泰帕诺维奇接着说，"我比其他任何人都受连累，所以我请你们回答一个问题，如果你们乐意回答，最好不过。你们是完全自由的！"

"什么问题？什么问题？"四处有人大声发问。

"问题回答之后，大家便知道我们是该待在一起还是悄悄拿起帽子各奔东西。"

"提问吧，提问吧！"

"假如你们当中有人获悉一起预谋的政治暗杀，他在预见一切后果的情况下，是去告发还是待在家里静候事态？关于这个问题，诸位的看法可能是不同的。回答这个问题必将澄清我们是该分手还是待在一起，而且不仅仅今天晚上待在一起。"（《群魔》第二卷第83—84页）

接下来，皮埃尔·斯泰帕诺维奇便开始个别提问，点了该秘密团体好几个成员的名字。

"不用问了，"大家异口同声回答，"这里没有告密的。"

"为什么那位先生站起来？"一个女大学生喊问。

"是沙托夫。喂，您为什么站起来？"维金斯基夫人问道。

确实，沙托夫站了起来，手里拿着帽子，目不转睛瞧着韦克霍文斯基，好像想跟他讲话，但犹豫起来，脸色苍白，怒气冲冲，最后按捺住气恨，一声不吭朝门走去。

"这可对您没好处哇，沙托夫！"皮埃尔·斯泰帕诺维奇朝他喊道。

沙托夫突然在门口停住，对隐晦的威胁反唇相讥：

"相反，像你这样的孬种和奸细，倒可渔人得利！"

他骂罢，扬长而去。

全场又一次大呼小叫，呼五喝六，好不热闹。

"考验完成了。"（《群魔》第二卷第85页）

应杀的人就这样自动站了出来。必须加快行动，抢在沙托夫告发以前把他干掉。

在此，我们欣赏一下陀思妥耶夫斯基的艺术，我一味向大家论述他的思想，没顾上谈及他阐述其思想的精湛艺术，实感过意不去。

《群魔》写到这里产生了奇妙的效果，引起一个特殊的艺术问题。一般来说，情节发展到一定阶段，就不应该再分散铺叙了。其时，情节加快节奏，直奔终点。嗨！恰恰在情节急转直下时，陀思妥耶夫斯基就此打住，他的想象完全令人困惑不解。他觉得读者的注意力此刻高度集中，一切都会是非常重要的。他不怕信笔写去分散主线索，正好借以突出他最秘密的思想。就在沙托夫准备告发或即将被暗杀的那个晚上，他多年未见的妻子突然来到他的住处。她即将分娩，但基里洛夫开始根本没有注意到她的状况。

这个场景若处理不当，很可能变得奇形怪状。然而这是全书最精彩的场景，构成戏剧行话中的所谓"效果"，文学上称作"支轴"，恰恰在这点上陀思妥耶夫斯基的艺术显得最为精彩。他可能同意普桑[1]的话："我一向一点儿不敢

1　普桑（Nicolas Poussin，1594—1665），法国古典主义绘画的奠基人，他的作品以宗教、历史、神话为题材，画风严谨，精工细琢。代表作有《酒神祭》《阿卡狄亚的牧人》《波利费姆》等。

疏忽。"伟大的艺术家正在此点上彰明较著，信手拈来皆成文章，甚至化弊为利。情节至此应放慢节奏了，一切避免急于事功的东西都是非常重要的。陀思妥耶夫斯基给我们叙述沙托夫的妻子突然来到的情景，夫妻俩的谈话，基里洛夫的干涉，这两个男子之间突然产生的反感，这一切都用来构成本书最精彩的一章。在这一章中我们再次欣然看不到忌妒，这我在前面已向大家交代了。沙托夫知道他妻子怀孕了，但根本不想充当她等待的孩子的父亲，尽管他狂热地爱着这个女人，而百般痛苦的妻子对他则一味恶声恶气，叫他难堪。

"然而，唯其如此，受到告发威胁的混蛋们得救了，得以清除敌人。玛丽的归来改变了沙托夫的心思，使他失去了精明机智和常备的谨慎。从此他脑子里除个人的安危外，充斥了许多其他东西。"（《群魔》第二卷第284页）

回过头来谈基里洛夫：皮埃尔·斯泰帕诺维奇预谋利用他自杀的时刻已经来到。基里洛夫凭什么理由自杀？皮埃尔·斯泰帕诺维奇考问他，理不出头绪，摸不着门儿，但很想弄个明白，又害怕基里洛夫事到临头变卦，从他手中溜走……不，不会的。

"我决不拖延，"基里洛夫说，"现在我就了此一生。"（《群魔》第二卷第285页）

皮埃尔·斯泰帕诺维奇和基里洛夫的对话特别不可思议，甚至在陀思妥耶夫斯基的思想里也是深奥莫测的。像往常一样，陀思妥耶夫斯基再次不直截了当阐明自己的思想，总是通过他人之口、借他人之言来表达。基里洛夫离奇古怪，无药可救。几分钟后即将自杀，他说话全无章法，前言不搭后语。要靠我们自己拨繁理乱，整理陀思妥耶夫斯基的思想。

促使基里洛夫自杀的想法属于神秘主义范畴，皮埃尔一窍不通。

"假如存在上帝，一切听命于上帝，我只能俯首听命。假如不存在上帝，一切取决于我自己，那我就必须表明独立自主……我以自杀来表明我最完全的独立。我应该朝自己脑袋开枪。"（《群魔》第二卷第284页）

再引一段：

"上帝是必需的，所以应当存在。"

"嗨，说得很对。"皮埃尔·斯泰帕诺维奇附和道，心里只有一个念头：鼓励基里洛夫自杀。

"但我知道上帝不存在，也不可能存在。"

"绝对没错儿。"

"人在这两种思想的并存下是活不下去的，你难道不明白吗？"

"应该朝自己脑袋开枪，不是吗？"

"这不，自杀的理由是非常充分的，你难道不明白吗？"

……

"不过，您不是第一个想自杀的，许多人已经自杀了。"

"他们自杀都是有原因的。没有任何动机而自杀和仅仅为了证明其独立自主而自杀，这样的人还没有过，而我将是首例。"

"他不会自杀了，"皮埃尔·斯泰帕诺维奇又这么想着，于是不客气地激将道，"您知道吗？要是处在您的位置，为了表明我的独立自主，我将不自杀而杀别人。这样您还可以派上用场。我会给您指定一个人，倘若您不害怕的话。"（《群魔》第二卷第 334、336 页和 337 页）

他沉思片刻，心想万一基里洛夫退缩了，就促使他暗杀沙托夫，而不只是让他背罪名。

"得了，您今天甭朝自己脑袋开枪了。有办法对付。"

"不自杀而杀别人，那是以最卑鄙的形式表明我的独立自主，你老于此道，我可不像你哩。我要达到最高的独立自主，非自杀不可……我有责任表明怀疑上帝的存在，"基里洛夫接着说，大步在房间里走来走去，"在我看来，没有比否定上帝更崇高的含义了。我有自己的人类历史观。人只因苟全性命于乱世才创造出上帝，这是迄今宇宙历史概要。我在人类历史上第一个推倒虚构的上帝存在。"（《群魔》第二卷第 337 页）

咱们可别忘记陀思妥耶夫斯基是十足的基督徒。他通过基里洛夫的断言向我们指出，崩溃再次出现了。我们曾经说过，陀思妥耶夫斯基认为唯有克己弃世才能得救。但一种新的想法前来嫁接添枝，我再次给大家援引布莱克的《地狱箴言》："If others had not been foolish, we should be so."（"他人不疯，吾辈必癫"或者"为使吾辈不疯，他人先得癫狂"。）

基里洛夫在半癫半狂之际产生了牺牲的念头："我将先

下手，把门打开。"

如果非得基里洛夫精神失常才产生上述想法（况且陀思妥耶夫斯基不全赞成，因为实属反抗精神），那么他的想法倒包含着部分真理；再者，基里洛夫之所以必须精神失常才有上述想法，也正是为了我们在精神正常的情况下能产生他的想法。

"那家伙绝对必须首先单独自杀，"基里洛夫接着说，"不然谁开先例谁证明？现在必须由我以自杀来开先例来证明。不过我还是被迫成为神，所以我是不幸的，因为我不得不表明我的自由。所有人都是不幸的，因为人人害怕表明自己的自由。人迄今之所以不幸之至可怜之至，是因为不敢表现出最高意义的自由，是因为满足于小学生式的反抗。

"但我将表明我的独立自主。我有责任相信我不信神。我将是始作俑者，必走捷径，把天打开。我将拯救人类。

"……

"我找了三年自己的天神属性，终于找到了：我的天神属性，就是独立自主。因此我可以最高限度地表现我的反抗性，我新颖而可怕的自由，因为确实我的自由是可怕的。我将以自杀来表明我的反抗，来表明我新颖而可怕的自由。"（《群魔》第二卷第 339 页）

此处不管基里洛夫如何亵渎宗教，请相信陀思妥耶夫斯基在创造基里洛夫形象时恍惚受到基督的启示，为了拯救人类，必须做出十字架上的祭献。如果说基督献身是必要的，那不正是为了使我们这些基督徒不再遭受同样的殉难吗？有人对基督说："拯救你自己吧，既然你是神。"——"我若救自己，那你们就要遭难了。正是为了拯救你们，我才殉难，我才献身。"

陀思妥耶夫斯基《书信集》附录中有段话我想引一下，对理解基里洛夫这个人物颇有裨益：

"请好好理解我的话，自愿牺牲，自觉自主献身，为大众牺牲自我，在我看来是人格高度发展的标志，是人格优越的标志，是高度自我控制的标志，是最高自由意志的标志。自觉自愿为他人牺牲自己的生命，为众人而钉死在十字架上，自蹈被活活烧死的柴堆，这一切只有在人格高度发展时才有可能。高度发展的人格深信具有作为人格的权利，不再为自身而惧怕，不用自身的人格来谋利，就是说只能用来为他人献身，以便其他所有的人都变成同样强有力的人格，即自主和美满的人格。这是自然规律；正常人为之倾心，乐此不疲。"（《书信集》第540页）

因此看得出，基里洛夫的话初看起来虽然有点缺乏条理，我们却能从中发现陀思妥耶夫斯基自己的思想。

我感到陀氏著作所提供的教诲，自己远未汲尽。再说，我从中自觉或不自觉探求的，是最接近我本人思想的东西。其他人说不定可以从中发现其他东西。现在已经到了最后一次讲座的尾声，你们大概希望我做个结论：陀思妥耶夫斯基把我们引向何处？他到底给我们留下什么教诲？

有人会说陀思妥耶夫斯基把我们直接引向布尔什维克，尽管心里明白陀氏极其痛恨无政府状态。《群魔》整个儿对俄国的未来具有先见之明。谁要是对成规定见提出一系列新的价值观念，在保守派眼里必定是个无政府主义者。保守派和民族主义者沆瀣一气，把陀思妥耶夫斯基著作说得一团糟，其结论是陀氏对我们毫无用处。我反驳他们说，他们的反对就像是对法兰西精神的侮辱。对外国的东西只愿意接受跟我们相像的东西，从中找得到我们的秩序和逻辑乃至我们的形象，那就大错特错了。是的，法国可以不喜欢奇形怪状，但，陀思妥耶夫斯基首先并非奇形怪状——远非如此，远非如此，只不过他的美学观跟我们地中海文化观不同罢了；即使两者的差距更大些，法兰西精神用来干什么，法兰西逻辑用来干什么，不正是用来整理需要整理的东西吗？

法兰西若只盯着自己的形象，只盯着自己过去的形象，就会有致命的危险。为了说得更准确和尽可能稳重，我的想法是：法国有保守分子维护传统，对他们认为是外国侵害的东西奋起而攻之，这是好事。这给了他们存在的依据。算是他们的新贡献吧，要不然咱们法兰西文化就可能成为空架子，成为僵化的外壳。他们对法兰西精神晓得什么？我们晓得什么？还不是只晓得过去有过的东西？无论涉及民族感情还是教会，莫不如此。我的意思是说，面对各类天才，保守分子的态度往往一如教会对待圣徒所采取的态度。许多圣徒起先被以传统的名义所否定所抛弃，但很快就成为所谓传统这座大厦的栋梁。

我经常对精神保护主义发表己见。窃以为精神保护主义是非常危险的，但一切非民族精神的言论也不无危险。我说此话也在阐述陀思妥耶夫斯基思想。没有哪个作家更比陀氏既胸怀俄罗斯又放眼全欧洲。正因为保持俄罗斯特色，他才可能有包容全人类的心胸，才可能以独辟蹊径的方式打动咱们每个人。

"俄罗斯的欧洲老人，"他亲自这么说过，也通过维尔西洛夫在《少年》中论述：

"各种对抗在俄罗斯思想中得以和解……那么有谁懂得这样一种思想呢？反正我是独自徘徊。我说的不是我本人如何如何，说的是俄罗斯思想。那边有的是愤世嫉俗，有的是严密的逻辑；那边一个法国人只是一个法国人，一个德国人只是一个德国人，比在他们历史的任何时代都更加僵硬，因此法国人比任何时候更加损害法兰西，德国人比任何时候更加损害德意志。在整个欧洲不只有一个欧洲！唯独我有资格对那些纵火者说他们烧毁杜伊勒利宫[1]是一桩罪行。对那些残暴的保守分子而言，这桩罪行是事出有因的：我是'唯一的欧洲人'。再一次说明，所谓我，不是说我自己，而是指俄罗斯思想。"（《少年》第509页）

我们再念一段稍后的文字：

"欧洲创造了高贵的法国典型，高贵的英国典型，高贵的德国典型，但对未来的欧洲人还一无所知。我觉得欧洲压根儿就不想知道。这是可以理解的，因为他们不自由，而我们，则是自由的。只有我，怀着俄罗斯的苦恼，在欧洲尚为自由……朋友，请注意一个特点：法国人大致都可

---

1 旧时王宫，巴黎公社（1871）时期被毁，后改建成花园，称杜伊勒利花园，今位于卢浮宫与香榭丽舍大街之间。

以除法兰西之外服务于人类，但有个严格的条件，即必须法国人依然如故。英国人亦然；德国人亦然。俄国人，现今已经定型，其实远在最后定型以前已经定型，将来可以成为更好的俄国典型，同时成为更地道的欧洲典型，这就是我们民族本质之所在。"（《少年》第511页）

有鉴于此，加上很想给大家指出，陀思妥耶夫斯基对过于使一个国家欧洲化所存在的极端危险是洞若观火的，我谨向大家引用《群魔》中几个精彩的片段：

> 科学和理性历来在各国人民生活中只起次要的作用，并且直到世纪末日也必定如此。各民族依据某种主要力量而形成而变动，其力量的来源是不为人所知和无法解释的。这种力量在于非达终结不罢休的贪欲，但同时又否认终结。一国人民总是始终不渝、不知疲倦地肯定其存在，否定其死亡，正如《圣经》所说的"终身精神"，有如"湍湍活水"，《启示录》预言必将枯干；哲学家的美学或道德原理，用句最简单的话来说，就是"求神"。每个国家的人民在其存在的每个阶段，一切国民运动的目的仅仅在于求神，寻求属于自己的神，作为唯

一真正的神加以信仰。神是全体人民自起源至终结的综合人格。还未见过各国人民或多国人民联合崇拜同一个神，向来是每个人民有自己的神明。每当宗教信仰开始推广，多民族的摧毁就临近了。每当诸神丢失本土的特色，那就要消亡了，并且跟各自的人民一起消亡。一个民族越是强盛，其神明就越不同于其他神明。从未遇见过没有宗教的人民，就是说尚未见过无善恶观的人民。每一个民族的人民对善与恶以自己的方式加以理解。善与恶的观念若在好几国人民中得到相同的理解，那就要消亡了，甚至恶与善的区别也开始消退和消失了。(《群魔》第一卷第 274 页)

大洋洲诸岛的居民消亡了，因为缺乏约束其行动的整体理念，没有判断什么是善是恶的共同尺度。(雷克吕著《地理》第十四卷第 931 页)

"我不相信您说的，"斯塔夫罗金指出，"您对我的想法开始深表赞成，但随后不知不觉地偷梁换柱。仅此，您就认为神明只不过是民族性简单的象征……"

他转而加倍盯视沙托夫，发现此刻触动沙托夫的不是自己的言语而是自己的表情。

"我贬低神明，因为我把神明比作民族性的象征？"沙托夫喊道，"正相反哪，我把人民提升为神明哩。人民何时不是如此？人民是神明的躯体。一个民族要经久不衰地名副其实，就得有自己独特的神明，就得执着地摈弃一切其他神明，就得准备跟自己的神明一起战胜所有的外国神明，并把它们赶出世界。各大民族的宗教信仰有史以来一向如此，至少在历史上留下印记、带领过人类的民族的宗教信仰向来如此。事例俯拾即是。犹太人一向只为等待真正的神明而活着，从而为人间留下真神。希腊人神化了大自然，从而为人间留下他们的宗教，即哲学和艺术。罗马把人民神化为国家，从而为各现代民族留下国家。法兰西在其漫长的历史长河中专心致志体现其罗马神的意念，并加以发展。

"……

"倘若一个伟大的民族不相信自己独揽真

理，不相信舍我其谁地以其真理唤醒和拯救世人，那就立即不再是伟大的人民，不过是人种志的材料。一个真正伟大民族的人民从来不能满足于在人间起次要作用，即使起重要作用也不足为道，绝对必须起首要作用。一个民族摈弃这种信念等于摈弃生存。"（《群魔》第一卷第 235—276 页）

"每当人们失去与祖国的联系，就失去上帝。"斯塔夫罗金这个想法可以作为前述思想的结论，这是必然的结果嘛。

陀思妥耶夫斯基在天之灵会对今天的俄国以及他所奉若神明的人民有何想法？……

在《群魔》中，我们已经看到活脱脱的主义正在酝酿。只要听听希加莱夫陈述其思想体系就清楚了，他讲到最后，承认道：

"我对自己的论据不知所措，我的结论与我的逻辑前提是针锋相对的。我从无限的自由出发，达到无限的专制。"（《群魔》第二卷第 74 页）

再听十恶不赦的皮埃尔·韦克霍文斯基说些什么：

"那将是史无前例的混乱，史无前例的动荡。俄罗斯将笼罩在一片黑暗中，将缅怀旧时的神明，呼天抢地，哭个

不停。"(《群魔》第二卷第 97 页）

把小说或记叙人物所表达的思想归属于作者大概是不谨慎的，即便是诚实的，但我们知道陀思妥耶夫斯基的思想是通过其人物整体表达的……往往他通过某个无关紧要的人物道出他弥足珍贵的真理。

君不见正是通过《永久的丈夫》一个次要人物道出他自己称为"俄国病"的现象：

"依鄙人之见，当今之下，我们根本不晓得在俄国该尊敬谁。请承认，不晓得敬谁重甚，总是一个时代可怕的灾难吧……难道不对吗？"(《永久的丈夫》第 177 页）

我很明白，尽管俄罗斯如今这番情形，陀思妥耶夫斯基若健在，没准还会寄予希望。或许他也会认为俄罗斯正以基里洛夫的方式做自我牺牲，这个想法在他的小说和书信中不止一次出现；也许他会进而认为这种牺牲有益于拯救欧洲其他国家和尚存的人类。

附录一　陀思妥耶夫斯基作品片段[1]

之一　《少年》片段

现引两段插叙，以示教训为鉴，然后一口气把故事讲完。

七月，就在我赴彼得堡前两个月，玛丽娅·伊凡诺芙娜差我去邻近一个地方办件事，至于什么事无关紧要。在回莫斯科的车厢里，我注意到一个褐发青年，脸上长粉刺，穿着相当讲究，但肮脏不堪。每到一站，他都下火车，跑到酒柜台喝烧酒。他所在的车厢分隔室有快乐而粗野的一群围着他。这群喧闹的旅客欣赏年轻的酒鬼能够大喝不醉，竭力纵容他喝更多的酒。干这勾当最起劲的是一个微醉的商人和一个德国穿着的瘦高个子，商人的男当差，废话特多，口臭难闻。贪杯而海量的年轻人寡言少语，他听着同

1　根据本书法文版从法文译出。

伴们瞎嚷嚷，脸带傻笑，有时失声大笑，但总是笑得不合时宜，其时发出几个含糊的音节，"哼……嗯……噜"，一边用手指摁着鼻尖，逗得商人、仆从和所有的人乐不可支。我走近凑热闹，说实在的，尽管他的行为愚不可及，我却不讨厌弃学的大学青年。很快我们便以你相称，下火车时我记下他当晚九点在季维尔林荫大道等我。

我准时赴约。此兄让我合伙玩耍，玩法如下：我们看中一名良家妇女，一声不吭，一左一右夹她而行。我们摆出一副若无其事的样子，好像旁边根本没有妇女。我们一丝不苟地讲猥亵话，问答自如，滴水不漏，尽管我当时对性事只知词语（童年之美谈），不通技法。妇人惊慌失措，加快步伐，我们也加速行进，并继续海淫的对话。受害者怎奈何？没有证人，再说报告警察总是棘手的事情……

这种庸俗的玩笑我们一连闹了八天。其时我觉得很有趣吗？现在很难说：起初这种闹剧叫我开心，因为出其不意，再说我厌恶女人……有一回，我对那个大学生讲，让·雅克在《忏悔录》中供认在少年时代他喜欢埋伏在某个角落里把生殖器弄得高高勃起，吓得过路的女人瞠目结舌。他的答词是"哼……嗯……噜"。大学生对此一窍不通，两眼一抹黑，而且毫无兴趣。我坦率给他出的主意他全然不通，他胡闹的艺术单调得要死。这个混蛋越来越叫我讨厌了，终于我们断绝了来往，当时的情形是这样的：

我们照常无理狎狎女人，这回是个行色匆匆的姑娘，在夜间的林荫大道上。她最多十六岁，也许刚下班，没准儿母亲在家等她，可能还是个负担全家的可怜寡妇哩……我突然多愁善感起来……我们的脏话竞相交换……姑娘好似一头走投无路的牲口，在夜色中加快步伐。突然，她戛然止步，上气不接下气之间，一把扯下裹着瘦脸的围巾，双眼猛然炯炯发光，说道：

"嗯！恬不知耻的孬种！"

我以为她要失声痛哭了。不然，说时迟那时快，她挥手朝大学生打了个响亮的耳光，正中那傻蛋的嘴脸。他正想反扑，被我拉住，姑娘得以逃脱。

只剩我们俩时，便吵开了。我把心里的厌恶统统倒出来，说他无知无能，卑鄙下流。他骂我杂种（我自己私下告诉他我是私生子）。我们破口对骂，互吐唾沫。从此，我和他不再见面了。

我气急败坏，但第二天气恼消退，第三天便忘得一干二净了。到了彼得堡，我再回顾那个场景，羞愧难忍，失声痛哭，今天想起来心里还怪难受的。我怎么会卑劣到如此程度而且竟把劣迹忘掉？现在我明白了："理念"把一切不属于理念的东西都视为无意义，过早地清除我应得的痛苦，使我聊以自慰，并宽恕我犯下最恶劣的错误。这种理念我是从娘肚子带来的，但伤风败俗。

现在讲第二件事情：

去年四月一日，几个人来玛丽娅·伊凡诺芙娜家参加节日晚会。突然阿格里皮纳一阵风似的跑进来报告她刚在厨房外门发现了一个弃婴。大家争先恐后前往观看，但见一个三四周大的女婴躺在篮子里哭泣。我拿起篮子，提进厨房。女婴身上别着一张字条，上面写着："亲爱的恩人们，可怜可怜小阿丽妮娅吧！她已经受过洗礼。我们永远为你们祝福。此祝节日幸福。——你们不相识的人们。"尼古拉·西梅奥诺维奇使我伤心，虽然我十分敬重他，因为他表现得不近人情：他没有孩子，却硬要立即把女婴送往孤儿收容所。我把婴儿从篮子抱起来，闻到一股呛人而带酸的气味，我把婴儿抱在怀里，宣布由我抚养她。尼古拉·西梅奥诺维奇，不管心地如何善良，立即表示万万使不得，竭力主张送去收容所。但最后还是按我的意愿办了。

同一院子的另一幢房子住着一个酒鬼老木匠，但他的妻子还年轻而且健壮。这个贫苦人家结婚八年好不容易最近有了个独生女儿，可没断奶便夭折了，天缘巧合，他们的女婴也叫阿丽妮娅。我说"天缘巧合"，是因为妇人闻声进厨房来看热闹，当听到女婴的名字时不禁动了恻隐之心。

她的奶水还未干涸，她当场解开上衣，掏出乳房喂小阿丽妮娅？妇人是否同意领薪照管孩子？她不能立即答复我，得由丈夫做主，但至少她答应当夜看管小阿丽妮娅。第二天，我跟那对夫妇做了交易，我预付了第一个月的八卢布，丈夫立即拿去酒吧花掉了。尼古拉·西梅奥诺维奇好意为我的偿付能力做担保。我执意交给他六十卢布，但他硬不肯收，这么一来我们小小的口角倒是烟消云散了。玛丽娅·伊凡诺芙娜什么也没说，但很明显她内心惊异我自告奋勇挑这么重的担子。他们俩谁也没乘机打趣，我很感激他们这份厚道。

我一天三次往达丽娅·罗迪沃诺芙娜家跑。一周后我背着她丈夫偷偷给她三卢布，再花三卢布买了被褥和襁褓。但我当了十天父亲，小女儿就病了。我去找了医生，我们整夜折腾阿丽妮娅，让她吃药。翌日，医生宣布她不行了。对我的提问，确切地说对我的质问，他答道："我又不是神！"小病人窒息了，满嘴泡沫。当晚她便死了，死时黑黑的大眼睛盯着我，仿佛已经明白是怎么回事了。为什么我没有想到给小死者照相呢？那天晚上我不仅失声痛哭，而且呼天抢地，这在我是前所未有的。玛丽娅·伊凡诺芙娜好言相劝。木匠亲自做了口棺材。大家把阿丽妮娅埋了……我忘不了这些事。

这件倒霉事儿引起我的深思。阿丽妮娅并没有花掉我多少钱：寄养，医生，棺材，葬礼，鲜花，总共三十卢布罢了。这笔钱我在离开莫斯科时便捞回来了：我从维尔西洛夫寄给我的旅费中省下一些，再卖掉一些小物件。这样，我的资金就完整无损了，但我心里想："不过如此闲荡徘徊下去我是走不远的。"从我跟大学生的奇遇得出这样的结论："理念"可能把我周围的一切搞得一团漆黑，使我失去现实感；从我偶遇阿丽妮娅的倒霉事儿来看，"理念"的主要关注点则任凭感情用事。两个结论互相矛盾，但两者都是正确的。

（《少年》第 22—26 页）

之二　《白痴》片段

"能为您效劳吗，尊敬的公爵？您现在……召见我了？"列别杰夫沉默一阵后问道。

公爵也沉默一分钟后才回答：

"嗨！好吧，我想跟您谈谈将军……关于您被盗……"

"怎么？什么被盗？"

"得了，别装糊涂了吧。啊，我的上帝，卢基安·季莫费奇，发什么演戏疯哪？钱，钱，那天您丢了四百卢布，装在钱包里的。您去彼得堡那天早晨来我这里说的，您明白了吗？"

"噢！关于那四百卢布哇，"列别杰夫拉长声音道，仿佛恍然大悟，"谢谢关心，公爵，您的关怀叫我受宠若惊……不过，钱已经找到了，早就找到了。"

"失而复得！嘿，谢天谢地。"

"您心肠真好，确实四百卢布不是件小事儿，尤其对一个可怜的人来说，靠艰苦劳动为生，还得养活一大家子……"

"不说这个！"公爵大声说，很快接着刚才的话茬，"我很高兴您找到了，请问这钱您是怎么找到的呢？"

"再简单不过了，钱包在我放外套的椅子底下。显然钱包从口袋滑落到地板上了。"

"怎么，在椅子下？不可能，您对我说过您找遍了各个角落，怎么偏偏首先应当找的地方却不瞧呢？"

"事实上我瞧过的。我记得很清楚确实瞧过的！我四肢趴地，双手在椅子下摸过，甚至把椅子挪开了，简直不相信自己的眼睛，什么也没看见，空空如也，地上比我手上更空无钱包，尽管如此，我再次摸着寻找。人一旦非得找回什么不成时，通常极小家子气的……何况损失巨大而痛心时更不用说了：什么也没见着，到处空空如也，尽管如此，还是查看了十五遍哩。"

"这就算了，但到底怎么回事呢？……我仍旧莫名其妙，"公爵呆若木鸡地咕噜道，"先前空空如也，是吧，那地方您寻找过的，可一下子钱就在原地找到了，是不？"

"是的，一下子在原地找到了。"

公爵神情古怪地望着列别杰夫，突然问道：

"将军？"

"将军怎么啦？"列别杰夫假装不明白。

"嗨，我的上帝，我问您呢，您在椅子底下找回钱包时，将军说什么来着。之前，你们俩一起寻找的呀。"

"之前，是的。但这次，坦白说，我故意沉默，情愿让他不知道。我自个儿找回了钱包。"

"为什么？钱没丢吗？"

"我查了一下钱包，分文不缺，连一个卢布也不少。"

"您本该来告诉我一声。"公爵若有所思地指出。

"我怕打搅您，就个人而言，怕损害您本人的印象，也许特别良好的印象，如果我可以这么说的话。况且我自己，也装得什么也没找着。在肯定钱数完整无缺之后，我把钱包关上，重新放回椅子底下。"

"为什么？"

列别杰夫哈哈大笑，搓着双手回答：

"不为什么，因为我想深入调查。"

"这么说，钱包一直还在那里，从前天？"

"喔，不，只放了二十四小时。喏，从某种程度上说，我希望将军也发现钱包，因为我心里想，既然我最终发现了钱包，为什么将军视而不见椅子下那么显而易见的物件呢？我好几次挪动椅子，甚至把椅子换了方位，使得钱包特别显眼，但将军硬是没注意到，就这样持续了二十四小时。现在明摆着的，将军非常心不在焉，叫人根本摸不着头脑；他聊天，讲故事，说笑，突然冲着我发火，弄得我莫名其妙。最后我们一起走出房间，我故意让房门敞开着；他毕竟动摇了，看上去想说点什么，他为装有一大笔钱的钱包担忧，但突然怒火中烧，什么也不说了。我们刚上街没走两步他就撇下我，自个儿到街对面去了。直到晚上，我们才又在咖啡厅会面。"

"说到底，您究竟取回钱包没有？"

"没有，那天夜里钱包在椅子底下消失了。"

"那么现在钱包在哪里？"

听到这句话，列别杰夫猛地起身，站得笔直，乐呵呵地望着公爵，笑着回答：

"在这里，钱包一下子到了我外套的下摆里。喏，瞧，瞧，您瞧哇，请摸摸。"

不假，在外套左口袋前下方明显有个包的形状，摸上去立刻能识别是个皮钱包，肯定是口袋开了窟窿滑进去的，夹在衣里和衣面子之间。

"我把钱包抽出来查过，四百卢布分文不缺。我又把钱包放回原来的地方，从昨天早上我就这样让钱包装在外套的下摆里，我带着它散步，尽硌我的腿呢。"

"您毫无察觉？"

"我毫无察觉，咳，咳，咳！请想想，尊敬的公爵，尽管问题不值得引起您特别注意，我的衣袋一直完好无损，突然一夜之间，破了个大窟窿！我想弄个明白，查看了破口，觉得有人肯定用了小刀开口子，这几乎不像真事儿！"

"将军？"

"昨天他整日怒容满面，今天老样子，怒气冲冲。有时他仰天狂笑，抑或啼笑皆非，然后怒不可遏，叫我着实害怕。我呀，公爵，毕竟不是军人嘛！昨天，我们一起待在咖啡厅，不知怎么我的外套下摆凑巧鼓鼓囊囊甩在众目之下，特别显眼，将军对我恼了，面有愠色。他已经好久没有正眼瞧我了，即使不是喝得醉醺醺或不是动感情，但昨天他直勾勾盯视我两次，令我不寒而栗，脊背直发冷。不管怎么说，我想明天把钱包的事了结，但今天晚上我还得跟他在咖啡厅厮守一阵。"

"您为什么要这般折磨他?"公爵大声问道。

"我没折磨他呀,公爵,我可没折磨他,"列别杰夫赶紧反驳,"我真心喜爱他……并且敬重他。您相信也罢,不相信也罢,现在他对我来说弥足珍贵;我比以前对他更有好感了!"

他说此话的语气非常认真,态度极其真诚,公爵听了很生气。

"您喜爱他,得了,您这样是折磨他呀!明摆的嘛,他想方设法让您找回钱包,为了引起您注意特意把钱包放在椅子底下,放在您外套夹层里,他以此向您表明他不想跟您做手脚,但质朴地请求您原谅。听着,他请求原谅哪!因此他希望您顾全面子,他相信您对他的友情。而您却把这么个谦谦君子糟蹋成这副样子。"

"谦谦君子,谦谦君子,公爵,"列别杰夫重复道,目光闪烁,"唯您,高贵的公爵,才有真知灼见!为此,我对您忠心赤胆,佩服得五体投地!一言为定!我现在,此刻,就说找回钱包了,不是明天,喏,这是全部现金,请拿着,高贵的公爵,请保留到明天。明天或后天,我再来取回。"

"但慎之又慎,千万不要直通通冲着他说您找到钱包了。让他看见您外套下摆里没有东西就行了,他就明白了。"

"是吗？对他说我找到丢失的钱包不更好吗？装作什么也没觉察到不行吗？"

"不，"公爵沉思着说，"不，现在太晚了，那样太危险，真的，您最好什么也甭说。对他亲切点……但……不要太过分……您知道……"

"我知道，公爵，我知道，是说，我知道很难执行，因为要办好此事非得有您的心肠不成。再说，我现在还生气哩，他有时对我也太傲慢了。他泣不成声地拥抱我，可一转眼却又侮辱我，对我冷嘲热讽，无所不用其极。得了，我收拾好钱包，把外套的下套摆故意放在将军的面前。唉！唉！再见吧，公爵，打搅您了，惊动您了，我想说……"

"行了，看在上帝的分上，保持沉默，一如既往！"

"少说为好，少说为好！"

尽管事情已了结，公爵依旧沉默寡言，甚至更一言不发。他焦急地等候第二天跟将军见面。

（《白痴》第二卷，第 228—232 页）

附录二 《蒙田不朽的篇章》序言

　　蒙田一生只写了一本书:《随笔集》,这部独特的书没有预定的写作章法,也无条理秩序,随着遇事和读书偶感命笔,呕心沥血,鞠躬尽瘁。他相继四次出版《随笔集》,我想说四次"改头换面"。第一版于1580年,时年蒙田四十七岁。这个文本,他一再修改,使臻完善,直到去世(1592年)还留下一册缀满修正和增补的著作,作为未来多次再版的蓝本。其间蒙田遍游德国南部和意大利(1580—1581),然后担任波尔多市长这一重要职务(从1581年到1585年):他和读者分享他在国外的所见所闻,分享他在宗教战争混乱不堪的时期担任公职的经验。

　　在此之后,他把注意力从公共事务转向修身养性(我的意思是,他悉心整理自己的思想),身居自家的"书局",闭户不出,直到仙逝,一直待在他出生的佩里戈尔小古堡里。他写了一些新篇章,组成《随笔集》的第三册;他重新修改润色前两册，并增改六百处。蒙田也把勤读时摘录的语句引入书中，使得第一册臃肿庞杂，因为他确信一切皆已有古训，所以潜心证明人类的思想时时处处相同和相似。大量的旁征博引使《随笔集》的某些章节变成一块块密集的希腊和拉丁作者"补丁"，让人怀疑蒙田的独创性。独创性真要非常鲜明，才能凌驾这堆杂乱的堆积。

炫耀学识渊博并非蒙田个人所为，当时希腊罗马文化仍旧独领风骚。吉本[1]恰如其分地指出，钻研比文艺复兴初期早得多的古文学，延迟了而并非加快了西方各国人民的智力发展。其时人们寻求典范，不大在乎吸取灵感和冲动。在薄伽丘和拉伯雷时代，学识的渊博压抑着知识分子，非但帮助不了他们自身解放，反而使他们窒息。古人的权威，尤其亚里士多德的权威，给文化打下深深的烙印。整个16世纪，巴黎大学只培养出学究和书呆子。

蒙田不至于反对书本知识渊博，但他善于消化，为己所用，丝毫不影响自身思想的形成，这是他区别于其他学者之处。充其量他迁就时尚，在自己的著作中充塞了引语。

---

[1] 吉本（Edward Gibbon，1737—1794），英国历史学家，代表作《罗马帝国衰亡史》六卷（1776—1788），叙述自马可·奥勒留帝末年（180）至东罗马帝国（拜占庭）灭亡（1453）间的史事。在启蒙运动影响下抨击基督教会，认为基督教的传播是古罗马帝国灭亡的原因。

但他指出："我们肚子里塞满肉食有何用，如果消化不了，如果增加不了营养，如果不能强身健体？"（《随笔集》第一册第二十五节）他还更形象地自比蜜蜂："蜜蜂到处采花，酿成蜂蜜，完成自己的杰作。"

《随笔集》若没有作者非同凡响的人格是不可思议的。那么他带给人间什么新东西呢？认识自己。他对认识其他种种事物不怎么有把握，但他发现的人性，给我们揭示的人性，是那么可靠那么真实，以至每个《随笔集》的读者都在他身上认识自己。

每个历史时期，人类总想用约定俗成的形象来掩盖真正的人性。蒙田揭去了这个面具，追本溯源，抓住了本质。他之所以达到这一步，是因为他孜孜不倦磨炼独特的洞察力；是因为他反对循规蹈矩，反对一成不变的信仰，反对因循守旧；是因为他具有始终清醒的批判精神，一张一弛，既玩耍取笑又潇洒和善，宽厚放达而不刻意讨好，只因他力求认识，而不求说教。

在蒙田看来，肉体与精神同等重要；他不把两者分离，切忌抽象地阐明自己的思想。所以，听其言之前先观其行就特别重要了。好在他本人已把自己的风貌和盘托出了。那就看一下吧。

他身材矮小，脸部丰满而不肥胖，按当时流行的方式留着不太长的胡须。五官"十全十美"。尽管他放纵糟蹋健壮的体魄，身体依然十分结实，只在四十七岁上得了肾结石。他步态稳健，动作猛锐，声音洪亮。他健谈，总是慷慨激昂，而且伴随种种动作。他吃什么都很香，而且狼吞虎咽，甚至咬着自己手指，因为那时还不用叉子。他经常骑马，直到晚年长距离骑马都不感觉劳累。他写道，睡觉占了他一生大部分时间。

一个作家的重要性不仅在于他固有的价值，而且更在于他的启示的切合时宜。有的传经送道只有一时的重要性，如今已引不起共鸣了。当时能唤醒良知，激发热忱，掀起革命，但对我们已没有召唤力了。伟大的作家之所以伟大，是因为其著作不仅符合一国一时的需求，而且为世代各族种种不同的饥饿提供充足的食粮。蒙田说："一个自信的读者所发现他人思想的长处，往往不同于作者所写进书里的和所重视的，而且赋予更为丰富的含义和面貌。"（第一册第二十五节）他自己是否"自信"？是否能够回答年轻的美国那些"自信的读者"向他提出的种种新问题呢？我将拭目以待。这篇序言的撰写和蒙田文选的编纂正是为了满足一位纽约出版者的要求。

我们这个时代，无论在哪个国家，富于建设性思想的人总备受青睐。一个作家最受人称赞的是，向我们提出一个井然有序的体系，一种解决政治、社会、道德问题的方法，因为令人焦虑的问题多多少少折磨着各国人民，尤其困扰着我们每个人。蒙田确实没有向我们提供任何方法（一种在他那个时代有价值的方法今天行得通吗？），也没有提供任何哲学或社会体系。他的思想远非井然有序，而任其欢蹦乱跳，信马由缰。他持久的怀疑使得爱默生[1]认为他是怀疑主义最完美的代表（即反教条主义的代表，精神探索的代表），有人说他的怀疑论可比作催泻药物，让病人排出泻药所清除的污物。由此某些人确实认为他的"我知道什么"一说是对其智慧其教诲画龙点睛，但我却不能得到满足。怀疑主义不是《随笔集》中我所喜欢的东西，对我尤其不足为训。一个"自信的读者"从蒙田著作中会找得到比怀疑和疑问更好的东西。

彼拉多[2]所提的恶毒的问题——"何谓真谛？"一直回响在岁月的长空，对此蒙田好像借用了基督非凡的回答："吾即真谛"，尽管从人的观点来看，其方式完全属于世俗

1　爱默生（Ralph Waldo Emerson, 1803—1882），美国散文家、哲学家。反对一切固定的传统和教条体系，提倡接近大自然，认为伟人是"卓越灵魂"的化身，著有《代表人物》《英国人的性格》。1873 年他在哈佛大学的演讲被誉为"美国精神独立宣言"。
2　彼拉多，公元 1 世纪（约 26—约 37）罗马帝国驻犹太国总督。据《新约全书》记载，耶稣由他判决钉死在十字架上。相传他后来受到惩罚，有人说被流放，有人说被处死，有人说改教殉难，众说不一。

的，其含义与原义也是非常不同的。就是说，蒙田认为除了能认识自己外，对任何其他东西都不可能真正认识。这便是他滔滔不绝谈论自己的原因，在他看来，认识自己比认识其他一切更为重要。他写道："应该既揭开事物的外表又揭去人物的面具。"（第一册第二十节）他写自己为的是自我暴露。面具虽属人物，但更属时代和国家，所以人是以面具来区分的，以至我们从真正被揭去面具的人身上能够很容易认出我们的同类。

他甚而至于认为他自己的写照可能会引起更普遍的关注，尽管这个写照在他是更具个别性的。根据这个深刻的道理我们重视他自己的写照，因为"每个人载着人类状况的全貌"（第三册第二节）。更有甚者，正如品达[1]所说，蒙田深信"真正的生灵是大善大德的开端"（第二册第十八节）。这句妙语，蒙田是从普鲁塔克那里借用的，而普鲁塔克又借用于品达，现在我再把蒙田的话为我所用。我很乐意把它当作《随笔集》的题铭，因为我若时时处处铭记这个重要的教导，必定受益不浅。

这种只取真实的自己和把自己描绘得惟妙惟肖的决

---

1 品达（Pindar，约前518—约前438），古希腊抒情诗人，以写合唱颂歌著称，传世作品有四十多首，内容大多颂扬希腊诸神和奥林匹亚竞技获胜者。

心，蒙田起初似乎并没有这一胆量和把握。由此，他自画的轮廓有某种初期的犹豫；由此，他从历史茂密的棘丛中寻找庇护；由此，他堆积经典语录，搜集各种范例，我想说，他引经据典，不断摸索，如履薄冰。他对自己发生兴趣，起初是隐约模糊的，不太清楚其重要性，怀疑表面上最无关紧要的东西以及最使大家不屑一顾的东西，是否恰恰是最值得注意的东西。他身上的一切在他都是好奇、逗乐、惊异的对象："到头来我只看到世上的厌物和尤物集于我一身：人们久而久之对一切怪异习以为常；但我越纠缠自己越认识自己，就越惊异于自己的丑怪，就越与自己过不去。"听他如此谈论自己的"丑怪"难道不有趣吗？因为我们在他身上所喜爱的，正是让我们在他身上认出与我们相像的东西，与平凡朴实的人相像的东西。

只是从《随笔集》第三册和在末卷里（最初几版所没有的），蒙田才得心应手地谈论自己的问题，不再犹豫摸索了。他知道自己要说什么，重点说什么，而且说得精彩，行文优雅，诙谐有趣，表达有致，曲径通幽，妙语无穷。他写道："人家培养人（如醒世作者），我则吟咏人。"（第三册第二节）稍后写得更微妙："我不描绘存在，而描绘瞬息即逝的东西。"德国人说 Werden（探幽烛微），因为蒙田一直关注一切事物永恒的流动，换言之，注视人类性格的不稳定性：人格永远不固定，只在难以把握的变化中意识到自身。至少这个确实性在其他一切确实性纷纷崩塌中壮大起来，在以他自己为主题的问题上，他是"活在世上知之最多的人"（第三册第二节），"任何人永远不能像他那样准确那样充分地锲而不舍，使臻完善"，与确实性相辅相成的美德只会是"忠实性"，因此蒙田认为可以立即加上一句："确实性一目了然，最为真诚最为纯正。"

我认为我们从蒙田《随笔集》得到的最大乐趣来自他撰写此书的最大乐趣，我们几乎从每个句子都感觉得出来。在组成三册《随笔集》的所有篇章中，只有一篇枯燥乏味，就是那篇最冗长、写得最认真、承上启下、讲究章法的文字：《为雷蒙·德·塞邦德辩护》。德·塞邦德是 15 世纪西班牙哲学家，曾在法国图卢兹大学讲授医学。蒙田应父亲之命十分吃力地翻译了德·塞邦德的《自然神学》[1]。"这在我是十分奇特和新鲜的事情，但既然有运气有空暇又不能违背有史以来最好的父亲之命，我就尽力而为，总算把它

1　雷蒙·德·塞邦（Raimond de Sebonde，1385—1436），卡塔卢尼亚（现西班牙东北部）哲学家、医生，其力作《自然神学》中鼓吹大自然如同《圣经》显现着上帝的存在。蒙田翻译此书，并著文《为雷蒙·德·塞邦德辩护》，揭破人间虚伪，驳斥意大利人文主义者皮科（Pico，1463—1494）的名著《论人的尊严》，认为人这种"可悲可鄙的生灵不能主宰自己，却胆敢自命为宇宙的主宰和君王"。

译完了。"（第二册第十二节）这篇文字位于《随笔集》中部，是蒙田第一篇著作，是最出名最常被援引的文章之一。蒙田的思想放达无序，信马由缰，但他写这篇文章下了很大的功夫，详述一种学说，给他不确定的神秘主义披上坚定如一的薄纱。但恰恰因为他在这里紧紧管束自己的思想，他的思想便几乎失去全部典雅，失去他那闲云野鹤般超脱的魅力。我们感觉他把思想引向一个目的时，读起来兴味索然，只在后来的行文中他偶有所感，信笔而至，宛如信步所至，走进一条没有预定的小径采摘百花，我们这才感到津津有味。我乐于在此指出，最受欢迎最优美的作品也是作者最高兴最开心写的作品，这样的作品读起来才轻松洒脱。艺术不是靠严肃站住脚的，而乐趣则是最可靠的向导。《随笔集》各种不同篇章的全部或几乎全部文字所阐述的蒙田思想差不多都处于流动状态，是那样的拿不定主意，那样的变幻无常，甚至矛盾百出，以至后人可以作出各种不同的解释。有些人，如帕斯卡尔和康德，从中看出蒙田是个基督徒，又如爱默生则认为他是怀疑主义的典范；还有人说他是伏尔泰的先驱，圣伯夫[1]甚至发现《随笔集》是

---

[1] 圣伯夫（Charles A. Sainte-Beuve，1804—1869），法国文学批评家，其主要文艺批评著作有《文学肖像》《当代人物肖像》《波尔－罗雅尔修道院史》《月曜日丛谈》等。

斯宾诺莎《伦理学》的准备和前奏。但我认为圣伯夫最接近真实的蒙田，他指出："他采取与众不同的态度，把自己变成奇特的怪癖，从而触及每个人的小天地，并且通过自画像（他漫不经心、不厌其烦、锲而不舍给自己绘制图像）更好地成为大多数人的画家和形象捕捉者，为此他经常精心解剖自己，用他自己的话来说，剖析自己的变化无常和多层重叠。""每个人在他（蒙田）身上都有一小块天地。"（《波尔－罗雅尔修道院史》第三卷第二章）

我认为蒙田善于承受包容前后不一和各种矛盾，这是一种巨大的力量。《随笔集》第二卷一开始那句话对我们既是唤醒又是警告："致力于控制人类行为的人既于事无补更增递不了光辉，因为人类行为矛盾百出，无奇不有，好像根本不可能同出一辙。"（第一册第一节）对于人类这种自相矛盾，心灵大师们，不管名叫莎士比亚、塞万提斯还是拉辛，无不至少有所短暂的统觉 [1]。但，为了建立古典艺术，首先需要临时确立一种心理学，虽有点粗浅，却有确定不变的粗线条。为此必须有坠入爱河的情种，一毛不拔的吝啬鬼，妒火中烧的醋罐子，但不可以有对上述种种都沾点儿边的人物。蒙田提到这些"善良的作家"时说，他

1　哲学家莱布尼茨等人用语。

们"选择普泽众生的外表，根据这个形象，他们去安排和解释人物的各种行为。如果无法削足适履，那就干脆弄虚作假"。（第二册第一节）他加添道："奥古斯都对此视而不见。"后来圣埃夫尔蒙[1]也以相同的调子写道："我们心灵中的皱褶和曲径，他（普鲁塔克）视而不见……他对人的判断大而化之，不相信别人跟他有什么区别……当他觉得露出破绽时，他便归咎于外部原因……而蒙田则理解得深刻多了。"我觉得蒙田甚至看得更为透彻，不单单如圣埃夫尔蒙所说的"人的易变"。我认为在"易变"一词的掩护下恰恰隐藏着问题的症结，直到很晚以后的陀思妥耶夫斯基才涉及，再后是普鲁斯特，因此有人说"这是对我们赖以生存的人的观念提出了异议"，并由当代弗洛伊德等几个人把人的观念打破了缺口。也许在人格不确定的界限和自我的不稳定性方面，蒙田向我们提供了出其不意的线索，信笔所至，天然成趣，这使我最为惊奇，并且是直接诉诸我们的。

蒙田的同时代人对那些最震动人的段落想必忽略而过，视而不见，至少看不出其重要性。或许蒙田本人对同代人的无动于衷颇有同感，不管怎么说，他也关注当时的兴趣热点，而今天已不再使我们感兴趣了。倘若他又回到今天

1　圣埃夫尔蒙（1615—1707），法国伦理学家、批评家。

的世上，可能会说："我若早知道你们关注的是这事儿，我就会多说一些了！"唉，放马后炮有什么用呢？谁让您一味迎合同代人而想不到我们这些后代人哪。他的时代向他指责的问题或最为忽略的问题，往往正是一个作家如何通过悠悠岁月能与我们沟通的问题。透过眼前的忧虑测出使子孙后代感兴趣的东西，是需要特殊洞察力的。

爱情好像在蒙田的生活中没有起什么大作用，他更注意肉体的快感。似乎结婚时热情不高，如果说他是好丈夫的话，暮年他就不会写下这样的话："偷情时更容易尽性，而与妻子结伴则要循规蹈矩，处处节制。"（第二册第三十三节）当然此话并不表示他身体力行。他不大器重妇女，每每寻欢之后，便让女人去做家务。我摘录了蒙田在《随笔集》中谈论妇女的段落，都是些不堪入耳的话。至于他的子女，他在书中一笔带过："他们全在婴儿时就夭折了。"（第二册第八节）只有一个女儿"逃此厄运"（同上）。子女们相继死去好像他并不感到可惜。

然而，蒙田并非不近人情，他特别同情小民百姓："我一心向着平民百姓，心里天生对他们有着无限的同情。"（第三册第十三节）但需要理性平衡时他立即恢复镇静："我非常同情他人的痛苦，心肠极软，很容易跟着别人痛哭流涕，如果是在我深感伤心的场合。"（第二册第十一节）拉罗什富科后来说："我很少有怜悯心，根本不想有此心。"最终导致尼采的名言："让我们具有铁石心肠。"这样的声明来自像蒙田或尼采这些天生有着软心肠的人特别使我感动。

蒙田情感生活方面唯有友谊在他的著作中有所反映。他对埃蒂耶纳·德·拉波耶第[1]的真挚友情似乎一直藏于心中，在他的精神上也占有重要的位置。这个比他大三岁的挚友仅有一篇小论文：《论自愿的奴性》。这本小书不足以使我们把拉波耶第视为"世纪的伟人"，与蒙田并驾齐驱，但大概足以使我们明白，后来的《随笔集》作者系恋于一颗极其宽厚和高贵的心灵。

另一宗友谊在蒙田的生活中也占有重要的位置，即他对玛丽·德·吉内小姐的挚情，称她为"姻亲女儿"。他入垂暮之秋时写道："我爱她大大超过父爱，她在我退隐和孤独中与我形影不离，成为我自身最美好的一部分。"甚至添加道："在这个世上我只关心她了。"

当她"超饱满"崇敬和爱慕《随笔集》的作者时，年仅二十，而蒙田则五十有四。不谈及此宗纯精神的眷恋

---

[1] 埃蒂耶纳·德·拉波耶第（Etienne La Boétie，1530—1563），法国作家，以早熟著称，十八岁就写下论著《论自愿的奴性》，揭露专制，初露锋芒。

可说是数典忘祖，因为多亏德·吉内小姐照管，《随笔集》第三版这个很重要的版本，在蒙田死后三年得以面世（1595），多亏她忠心不二，蒙田的手稿得以保存，对后来出版蒙田全集大有裨益。

蒙田与埃蒂耶纳·德·拉波耶第之间的友情不管多么高尚，我们可以猜想这种友情对蒙田是有点约束的；这个好享受的人若没有遇见拉波耶第不知会成为怎么样的人，尤其倘若拉波耶第不是年轻早逝（时年三十三岁），《随笔集》不知会成为怎么个样子；倘若他的思想继续受朋友拉波耶第控制，不知会是怎么样了。对此，圣伯夫援引小普林尼 [1] 一句很优美的话："我失去了生活的见证人……今后我担心生活更加漫不经心。"好个"漫不经心"，我们就喜欢蒙田的"漫不经心"。在拉波耶第看来，蒙田有点卖弄古风。尽管是真诚的，他一向如此，因为非常仰慕英雄主义，但他不喜欢，越来越不喜欢人们故作伟大，越来越担心他将不得不先缩小再求高大。

拉波耶第在一篇致蒙田的拉丁韵文中向他指出："你呀，朋友，你更需要克己，因为我们知道你素性既倾向于

1　小普林尼（Caius Plinus，61 或 62—约 113），古罗马作家，老普林尼之甥及养子。曾任执政官和俾堤尼亚总督。今存《书信集》十卷三百余篇，其中与图拉真帝讨论如何处理基督教徒的信件，尤具史料价值。

恶习又好大喜功。"一俟拉波耶第去世，蒙田越来越不屑于"克己"，天生素质使然，也是哲学观念使然。矫揉造作和煞费苦心获得的人格（简直是非人格），把道德礼仪习俗乃至偏见熔为一炉所塑造的人格，蒙田是最感厌恶的。被这一切所束缚所掩盖所伪装的真实人性，似乎对蒙田来说有一种神秘的价值，他企盼着这种价值作出某种显影。诚然，我明白此处想玩文字游戏太容易了，只需从蒙田的教导中指出他主张顺其自然，盲从本能，甚至听任最低级的本能为所欲为，因为这样的本能总显得最为真诚，就是说最为天然，有如花瓶底端的沉积，其浓度其厚度都是必然聚成，甚至受到最高贵的激奋震荡之后，积淀又会产生……但我认为这样就完全误会蒙田的本意，尽管他对我们与动物共同的本能非常关注，也许过分关注了，但他仍然超越了动物的本能，从不允许自己成为本能的奴隶或牺牲品。

很自然，蒙田并未因上述思想而感到有一星半点的懊悔和忏悔之意。他于1588年写道："自发表我的首批作品，我老了八岁，但我怀疑自己有丝毫改变。"（第三册第九节）更有甚者："我的放荡，那些有伤风化的事，使我误入歧途，叫我心里很不痛快，但仅此而已。"（第二册第十一节）类似的声明充斥《随笔集》的最后部分。后来他加添道："倘若我得重新生活，我会像我生活过的那样再生活一遍：我既不抱怨过去也不怕未来的不测。"（第三册第二节）这引起某些人极大的愤怒。这些声明当然完全有悖于基督教。每次蒙田谈起基督教，总是出言不逊，有时几乎刁钻促狭。他经常关心宗教，但闭口不谈基督，没有一次援引基督的话。甚至可以怀疑他是否读过《福音书》，或者更确切地说，可以不必怀疑他从未读过《福音书》。至于他对天主教的崇敬，确实是慎之又慎的，因为不应该忘记1572年卡特琳娜·德·梅迪奇和查理九世发布敕令，引起全法兰西王国内屠杀新教徒。[1] 伊拉斯谟 [2]（死于1536年）的事例引起蒙田的警惕，反正他明白自己不想勉强写《愚人颂》[3] 之类的书。显而易见，伊拉斯谟其实也不想写，只是他不得不受命于教会，承诺本身就是束缚。最好虚与

1　卡特琳娜·德·梅迪奇（Catherine de Médicis, 1519—1589）王太后担心国王查理九世过于重用科里尼海军上将，因为科里尼是加尔文党军队的首领，他劝国王支持荷兰起义的新教徒和西班牙国王作战，从而使法国新教和天主教两派和好，为此决定让那伐尔国王亨利和查理九世的妹妹玛格丽特成亲。信奉加尔文教的数千名绅士来巴黎参加婚礼。太后下令暗杀科里尼，未遂；朝中大臣怕遭报复，于是大肆屠杀新教徒。这就是有名的圣巴托罗缪大屠杀（1572）。

2　伊拉斯谟（Erasmus, 1469—1536），文艺复兴时期尼德兰人文主义者，生于荷兰鹿特丹。曾任神父和坎布雷主教秘书。

3　《愚人颂》是伊拉斯谟的代表作，揭露封建统治的罪恶和别有用心的人利用教会愚弄人民。他曾在法、德、英、意等国任教和游历，博闻强识，抨击经院哲学和宗教偏见，对德国宗教改革起了积极的推动作用。

委蛇：蒙田在题为《祈祷》的章节中不断增加和解的内容，1582 年的版本如此，1595 年的版本亦然。他于 1581 年游历期间把其著作献给罗马教皇格里高利十三世，这位教皇是格里高利日历（简称格里历）的创始人，该日历一直沿用至今。教皇称赞他，但有几处保留意见，蒙田很快按教皇的旨意加了几行，其用意有过之而无不及，而且把这些话重复添加到另外好几处，以表明完整的正统观念和对教会的顺从。其时教会表现得非常随和，与欣欣向荣的文艺复兴文化妥协了。伊拉斯谟被推荐任红衣主教的职位，尽管有人指控他的书宣扬无神论，继而在巴黎遭禁。马基雅维利的著作[1]尽管毫无宗教信仰，却在罗马按克莱芒七世教皇[2]敕书印发。

这种容忍和宽松使宗教改革的领袖们更肆无忌惮。蒙田和天主教可以融洽相处，和基督教则格格不入。他接受宗教，只要宗教满足于装点门面。他针对"刚愎自用的君主们"的言论，同样用来对付教会当局："应该向他们鞠躬

1　马基雅维利（Niccolò Machiavelli, 1469—1527），意大利政治思想家和历史学家。主张结束意大利的政治分裂，建立统一而强大的君主国，为此可以不择手段，即所谓"马基雅维利主义"。此处系指《君王论》《罗马史论》等。
2　克莱芒七世（Clement Ⅶ, 1478—1534），系第 217 任教皇（1523—1534）。

和顺从，但知性不在其内；我的理智不应卑躬屈节，但膝盖却可弯曲。"（第三册第八节）

为了保护他的著作，他感到有必要再增添几行使人非常放心的话，几乎看不出是他的手笔，甚至在《随笔集》最精彩的地方，譬如向虔诚的基督教心灵发出警告，"仅仅为了另世永生的目的就完全值得我们抛弃舒适和温馨"（第一册第三十九节）。这段话一直是手书眉批，只在蒙田谢世后才公布于众。其他类似的文字像避雷针般标插在书中，更确切的比方，就像在饮食控制时期把"糖浆"或"柠檬水"的标签贴在威士忌酒的瓶上。离上述引文不远几行就有"避雷针"："应当坚持享用生活乐趣，死死咬住和抓住不放，因为岁月一年一年无情地把我们的生活乐趣抢去。"（第一册第三十九节）第一版的这个段落是后来增添的文字难以掩盖的，给我们描绘了真实的蒙田，视"一切伪造都是不共戴天的敌人"（第一册第四十节）。对这种假惺惺的出尔反尔，我简直感到愤慨，如果我没有想到这也许出于能向我们兜售其商品的需要。圣伯夫说得好："他（蒙田）能够表现出他是很好的天主教徒，但却无法让人感到他信奉基督教。"因此我们可以用蒙田评论尤里安皇帝的话来评论他自己："在宗教上，他是处处无行的，故有背教者之诨名，因为他抛弃了我们的宗教。然而我觉得这种看法更站得住脚，即他内心从未相信过我们的宗教，但为了顺从法律，他虚与委蛇……"[1] 另外，他援引阿米安·马塞兰[2]："……他（尤里安皇帝）把异教久久埋在心田，因为他的军队全是基督教徒，不敢披露自己信奉异教。"故而尤里安这个人物强烈吸引着他。

蒙田所喜欢天主教之处，所赞赏乃至宣扬的东西，是秩序和资历。他说："在目前关于法兰西内战烽火四起的争论，最优秀最健康的派别无疑是既维护宗教又维护古代方式治国的。"（第二册第十九节）因为"一切大变动都是摧国乱邦的"。"……最古老和最为人所知的弊病总比最新近和没有经验的弊病更容易令人忍受。"（第三册第九节）他对《福音书》的无知并非出于对新教改革家的憎恨，不必寻找其他理由。天主教会，法国天主教会，他主张完整保留下来，并非因为他认为天主教是唯一好的宗教，而是因为他感觉改变教会不好。

同样，我们从蒙田的一生和他的全部著作看出他坚定如一地热爱秩序和分寸，关心公共福利，抵制把个人利益凌驾

1　尤里安（Julianus，332—363），被基督教会称为背教者尤里安（一译朱里安）。古罗马皇帝（361—363），君士坦丁大帝之侄，信奉新柏拉图主义，即位后宣布脱离基督教，禁止基督教徒一切宗教及文化活动，下令恢复罗马宗教和重新修建罗马神庙。

2　阿米安·马塞兰（330—400），原籍希腊，拉丁文历史学家。

于众人利益。然而，直抒己见和维护光明正大在他看来最为重要，优先于一切其他考虑："……我宁愿一败涂地，也不愿违背心意，屈尊俯就。"此处我想抓住他的话，不假思索地认为他也许有点吹牛，因为这些话今天听起来仍很重要，其重要性不亚于蒙田生活的混乱时代，其时某些光明正大的觉悟者保持独立自主，不屑随波逐流，曲意逢迎。"一切泛论都是怯懦的，危险的。"（第三册第八节）还有："没有比按条例和纪律行事更愚蠢更脆弱的生活方式了。"（第三册第十三节）这类段落在《随笔集》中比比皆是，我择其最重要的，尤其就今天而言，我最后再引一段："公共福利要求人们背叛和撒谎。"唉！甚而至于他后来加添道："乃至屠杀"，"把此差使让给唯命是从、委曲求全的人吧"（第三册第一节）。显而易见，蒙田天生不是搞政治的。

他自己也觉得领导公共事务的资格不够，当他出让法官职务[1]以及后来辞去波尔多市长专心修身养性，其想法都是非常健康的。他认为撰写《随笔集》是他对国家最大的效劳；我要说，是对全人类最大的效劳，因为必须注意到在他看来人类观念远远凌驾于祖国观念之上。他对法国异乎寻常地赞美，至少对巴黎如此："巴黎是法兰西的光荣，

---

1 蒙田于1570年卖掉法院顾问的职位。当时买卖官职是常见的事。

是世界最高贵的光彩"，他"爱之切，连缺陷瑕玷都喜欢"
（第三册第九节）。但他是有心人，宣称他对全人类心怀友
情；"……我认为所有的人都是我的同胞，像拥抱法国人一
样拥抱波兰人，把国民关系置于世人关系之后"（同上）。
他加添道："我们努力获得的纯友谊通常超过因气候或血缘
相通而形成的友谊。我们出生于世，本来就是自由自在的，
无牵无挂的，而我们把自己禁锢在某些狭窄的地方，有如
历代波斯国王以只喝舒阿斯佩兹河的水为自律，愚蠢地拒
绝享用其他一切河水的权利，把天下其他水源一律从他们
的目光中排干。"（同上）

后人总欠蒙田的情。由于他说什么都无秩序无方法，
每人均可从《随笔集》中采集自己所喜爱的东西，这往往
又是他人所蔑视的东西。没有作家像他那样容易被人占去
好处，而又难以指控别人出卖他，因为他自己做出榜样：
不断自相矛盾，食言而肥。"是真理，则不必害怕承认，"
他坦诚写道，"必要的话，我很容易既给圣米歇尔上蜡烛，
又给他的蛇上蜡烛。"[1]（第三册第一节）此话当然更取悦
于蛇而使圣米歇尔不快。所以，蒙田不受信徒爱戴，他也

1　系指意大利威尼斯画派名家卡帕奇欧（1460—1526）的名画《圣米歇尔
降服巨龙》，龙画得有点像蛇，故蒙田讥讽圣徒降服的不是龙而是蛇。

不喜欢信徒。这说明他死后，至少在派别林立、四分五裂的法国，不受重视的原因。自1595年（请记住，他死于1592年）至1635年，《随笔集》只出了三四个新版本。在国外，诸如在意大利，在西班牙，特别在英国，蒙田则很快大受欢迎，而正当他在本国不受欢迎或不大受欢迎的时候。我们从培根[1]和莎士比亚的著作中找得出《随笔集》无可否认的影响痕迹。

蒙田远离基督教的同时，提前接近歌德："至于我嘛，我热爱生活，就像上帝乐于赋予我们生命那样培育生命……自然是个温和的向导，但又是谨慎而公正的向导。"这些几乎是《随笔集》的结束语，后来的歌德想必乐意把自己的名字签在后面。这就是蒙田的智慧所达到的结果。他的作品没有一句废话。蒙田精心把谨慎、公正和修养与他热爱生活的声明结合在一起。

蒙田给我们主要的教益，就是很久以后人们称为开明大度的东西。我觉得这是我们当今能从他那里取得的最明智的教诲，现时政治或宗教信仰使世人四分五裂，互相对立。"由于本国目前纠纷四起，"他说，"我所关切的是我自

---

1 培根，系指弗兰西斯·培根（Francis Bacon, 1561—1626），英国哲学家。他反对经院哲学，主张打破偶像，强调自然科学，提出"知识就是力量"，他是"整个现代实验科学的真正始祖"（马克思语）。

己不看轻我的对手值得称道的优点，也不低估我追随的人们应受指责的品质。"（第三册第十节）他晚些时候添加道："一本好书并不因为反驳我而失去魅力。"（同上）这一节的最后非常精彩："他们想要使我们的说理和判断不为真理服务，而为我们想望的计划服务。我宁愿走另外的极端，因为我担心我的想望把我诱骗了。再加上我内心不大相信我所希望的东西。"（同上）这些精神和心灵素质从未比在它们最受轻视的时期更受欢迎更有用处。

这种罕见和非凡的气势，即他经常向我们谈起的那种聆听和采纳他人意见乃至压倒他本人意见的倾向，阻止着他过于深入地在一条道上冒险，而这样的道路正是后来尼采的道路。同样，一种天生的谨慎也阻止着他，为了保持谨慎，他不乐意贸然行事。他害怕荒芜的地区，害怕空气稀薄的地区。一种惶惑不安的好奇心在他身上悄然而起，无论在思想领域还是外出旅行的时候都是如此。陪伴他旅行的秘书撰写的旅途日记上，我们读得到这样的文字："我从未见过他如此不知疲倦，不再抱怨病痛（他当时患肾结石，但不妨碍他骑马骑几个小时），无论在路上还是在住处，都专心致志地注意遇到的事物，抓住一切机会与陌生人聊天，以至我认为这减轻了他的疾病。"他宣称"到陌生地方散步是毫无计划的"，"他嗜好迁徙，以至厌恶他不得不歇脚的近处"。所以他经常说："过了惶惑不安的一夜之后，早晨想起还要观看一个城市或一个新地方，就乐不可支地起床了。"在《随笔集》中蒙田本人也写道："我很清楚，这种迁徙的乐趣严格地讲表明了惶惑不安和优柔寡断，由此产生我们主要的、主宰的素质。是的，无可讳言，除了在梦中和想望中，我看不出哪里是我的立身之地：唯有变动的欲望给我带来好处，还有掌握纷繁的内容也使我获益匪浅。"（第三册第九节）

蒙田一生中第一次也是唯一的一次长途旅行是去德国南部和意大利，其时他年近半百。那次旅行历经十七个月。要不是他意外地被选为波尔多市长而不得不突然返回法国，他的旅行很可能还会延长更久，可见他乐此不疲，流连忘返。从此之后，他经常想轻松愉快一下，好奇心驱使他匆匆上路。

根据《随笔集》前后的版本追寻一下蒙田对死亡观念的态度是很有教益的。他为作品最初章节中的一节加了标题：哲学思考就是领会死亡。在这节中我们读到："我始终怀有对死亡的想象，胜过对一切的想象，即使在最年轻的时代也是如此。"驯服对死亡的想象力在于减少对死亡的恐惧。在最后一版的《随笔集》中蒙田终于说："谢天谢地，我可以在上帝乐意的时刻毫无遗憾地离去。我没有任何牵挂，除了我自己，我向每个人痛快地告别。从未有人像我这样又纯粹又充分地准备离开世界，像我这样时刻准备洒脱而去。"……"死亡即便突然来到，我也不会有什么新鲜感了。"（第一册第二十节）他几乎爱上了这样的死亡，就像喜爱一切自然的东西。据悉，蒙田完全像基督徒那样寿终正寝，虽然他走的不是基督徒所走的道路。他临终时却有妻子和女儿陪伴，也许是她们好心促使他比他自己所设想的更虔诚地离世，而他则"满足于平心静气地死去，赤条条孑然一身地死去，这才符合本人离群索居、无牵无挂的生活"（第三册第九节）。没准儿是这种预感促使他写道："倘若我可以选择我的死亡，我想，宁愿死在马上而不在床上，不在家里，远离亲人。"（同上）

如果有人指责我过分突出蒙田思想的锋芒，那我会反驳道，许多评论蒙田的专家竭力抹去蒙田思想的棱角。我只不过把蒙田思想删繁就简，把繁芜的《随笔集》理出个头绪，因为繁杂的章节常常如乱麻似的让我们看不清来龙去脉。对于大胆的作家，即使在他们成为经典之后，教育家也总想方设法使他们无甚大碍，这种锲而不舍的努力确实令人赞赏。曾几何时，一切新思想好像就失去了棱角；另外，对新思想有某种适应之后就玩弄起来，也不怕玩物丧志。

蒙田在游历意大利时惊异地发现古罗马最傲岸的宏伟建筑大多一半埋在废墟瓦砾里。古建筑总是从顶端一点点风化崩塌。但，正是从顶端坠落的碎片堆积了起来，我们脚下的土地才升高了。如今我们之所以觉得尖顶不太高了，也因为我们眺望的基点不太低呀。

我思，我读，我在
Cogito, Lego, Sum